Extra Credit

我的阿富汗筆友

文◎安德魯·克萊門斯
譯◎周怡伶　圖◎唐唐

遠流出版公司

【推薦序】
打開一扇窗

臺灣大學建築與城鄉研究所教授
畢恆達

小時候在利澤簡鄉下成長，除了《小學生》雜誌之外，就找不到其他課外讀物了。成年之後，愛上了兒童繪本。自己讀，也經常用來當作大學課堂的閱讀教材，像是《橘色奇蹟》、《威廉的洋娃娃》等。然而克萊門斯的校園小說，則讓我進入了兒童及青少年小說的世界。我一路從《我們叫它粉靈豆—Frindle》，讀到《16號橡皮筋》，深深為之吸引，至今熱情未減。

有些兒童讀物，想要藉書傳達的觀念很清楚（講得太白），但是缺少了精彩的故事，以致讀起來像教科書，而克萊門斯最厲害的就是說故事，讀者往往書一上手，就欲罷不能。在他的故事中，小孩充滿了創意與能量（也可以說是不乖），但大人總是會尊重小孩的主體，給予信任，不懷疑、不輕蔑、不壓制。在問題發生之後，與小孩子共同討論，想辦法來解決難題。

正如其他克萊門斯的校園小說，這本《我的阿富汗筆友》也是好看、有創意，又具教育意義。主角之一的艾比因為課業成績不好，有可能留級，然而老師並不責罵她，而是與她討論補救的辦法。艾比答應在剩下的時間裡，每天要按時做完功課、每科得到B以上的成績，還要與地球另一端的小朋友做筆友通信。於是，一位住在美國伊利諾平原喜愛攀岩的女孩，與阿富汗山區一位英文流利的男孩（因為男女授受不親的觀念，這個男孩是以妹妹的名義寫信），就此開展了這項穿越空間與文化障礙的通信之旅。

展讀他們彼此往來的信件，那種純粹的友誼、知心與包容，讓人動容。不同的性別、種族、政治與文化環境，看似障礙，卻也因此打開一扇窗。這對少男少女，藉由信件，不只更加了解地球另一端的地理、政治與文化；更在對話的過程中，借助於對方不同的眼睛，對於自己熟悉的成長之地，也有了不一樣的觀點與感受。

這個世界總是充滿了不公義，而人與人之間也必然存在差異，然而克萊門斯總是用愛與包容、信任與創意，讓大人和小孩一起努力，在解決難題的過程中不停學習。每次閱讀克萊門斯的校園小說，都是一次次滿溢著溫暖喜悅的體驗。

【推薦序】

讓我們的眼睛看到山之外

兒童文學作家
朱錫林

如何提昇下一代面對未來的能力，是許多人關心的議題，而新世代必備的能力之一，就是語言。英文和中文將是未來世界流通的兩種主要語文，更是一切學習的基礎工具；不論是經濟或文化的溝通，都可能使用到英文和中文。所以從小紮根，學好語文，必能拓展視野，成為不同文化的溝通橋樑。

此外，世界觀和文化差異的認知，是許多青少年必須學習與面對的重要課題。地球村的觀念使得青少年求學或工作，不一定會在自己生長的地方，他們或許在亞洲求學，卻在歐洲、美洲工作；也有可能在歐洲、美洲成長，但工作是在亞洲或非洲。這讓人聯想到「四海之內皆兄弟」這句話，它代表的不只是地域關係的改變，更是文化差異的認同。如果讓孩子從小培養世界觀，多接觸文化差異的課程或書籍，對於新的一代來說，都將成為培養他們日漸茁壯、開花結果的泥土與養分。

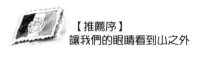

《我的阿富汗筆友》傳達了一些重要的訊息。兩個不同國家的人，無論教育文化或生活休閒的背景都不一樣，卻可以藉由通信，獲得彼此的互信和溝通，甚至因體會到不同國家地域間的文化差異，逐漸培養出「國際觀」。

故事中提到，在美國伊利諾州的艾比·卡森，把照片寄給在阿富汗的雅米拉，這是一種分享的行為，間接也讓孩子們學會在未來的世界中，不僅充滿了競爭，還要懂得合作與分享。像是故事中的艾比和薩迪德，懂得與彼此分享不同的休閒活動、爬山經驗，還有對自然的感受；他們用一粒小石子與一把泥土，喚起了彼此對鄉土與大地的熱愛。

這個故事也讓身為教育者的我們了解，即使學生學業成績不好，仍然可以藉由其他方法，例如結交異國朋友來提昇學習興趣，甚至作為補救教學的一種方式。

在兩位主角的信中，有一首詩足以代表整個故事。詩中有一句話：「風箏上，我畫了兩隻眼睛。風箏高飛，我看見山之外。」希望孩子們的眼睛，都能透過風箏，看見世界的每個角落；希望他們有機會了解世界各地不同的文化，結交世界各國不同的朋友，並且隨著世界觀的巨輪，不斷向前翻滾。

1 重要的任務

薩迪德知道，隔壁房間男人們的談話，他是不准偷聽的。他也知道，不能從那扇老舊木門下方的裂縫中偷看。可是，裡面那些人一定是在談論有關他的事，不然的話，老師怎麼會邀請他一起過來村長的家？

他的老師馬哈默·賈法利並沒有將今天要討論的事透露給薩迪德知道。他只說：「今天下午四點，請到奧可巴·汗家。他和村民代表會的成員今天要開會，我必須跟他們談一談，可能需要你也一起來。」

薩迪德心想，也許老師是要推薦他爭取特殊榮譽獎。這並不難想像，一點都不難。也許，村裡的長老們會給他一筆獎學金，讓他去喀布爾最好、最新的學校就讀。這樣他就可以每天穿著藍色長褲和乾淨的白襯衫去上學，他也會有一臺電腦，甚至，未來可能成為阿富汗的領導人之一。他父母親一定會感到很驕傲。這是一個很好的機會，而薩迪德知道自己非常渴望得到這個機會。

從門板的裂縫看進去，有七個男人圍坐在一張矮桌旁的墊子上，正慢慢的喝著茶。他們頭頂上有一盞燈，天花板上有兩條電線連接著屋外的發電機。馬哈默老師正在跟奧可巴．汗講話，但是老師背對著門，薩迪德聽不見他在說什麼。

等老師說完，換哈山．賈紀開口了。薩迪德認識這個人，他每週至少會光顧一次薩迪德的父親在村莊市場裡開的店。有時候他會停留得久一點，說說他在阿蘇戰爭中當游擊戰士的往事，那是一場阿富汗反抗蘇聯統治的戰爭。他曾經給薩迪德看過他那隻被蘇聯製手榴彈炸掉兩根手指頭的右手。現在，這個男人一邊講話，一邊用那隻少掉兩根指頭的手撫摸著下巴。

「我是個單純的人，」哈山說：「我絕對不會去阻礙進步的。可是，『傳統』保護著我們，也保護著我們的孩子。我認為，這位老師請求我們答應的事，是不適當的。」

這個男人說完，把眼睛轉向馬哈默。老師看了看圍坐成一圈的人，清清喉嚨，比剛才更用力的說著。這一回他說的每一個字，薩迪德都聽得清清楚楚。「我相信哈山剛剛所說的『傳統』。」

老師說了一句就停下來，薩迪德看到他把一個綠色信封舉高，信封上貼著三張郵票，每一張上面都印著一面小小的美國國旗，信封正面還貼了兩張粉紅色蝴蝶貼紙。

老師說：「但是『傳統』教導我們要好客有禮。所以，我們村子裡一定要有個學生來回這封美國女孩寫的信。我認為，最能顯現我們好客的方式，就是推派我們村裡最優秀、英語最流利的學生來回信。這個學生就是薩迪德．巴葉。」

一陣失望帶來的痛苦貫穿薩迪德全身。他的名字剛剛被提及，傳入潘傑希爾省某些最重要人物的耳朵裡，是為了什麼事呢？他是被推薦去爭取榮譽嗎？不是，竟然只是要他寫一封信，而且還是寫給一個女孩。

哈山又摸摸下巴。他搖搖頭，說：「這是一個美國女孩寫來的信。男孩跟女孩可以用這種方式互通訊息嗎？不行。找一個女孩來回信吧，女孩比較適當。」

薩迪德在門外點點頭，喃喃的說：「就是說嘛！」老師又發言了。「當然，哈山提的方式是最好的。可是，寄到美國的信就代表著我們巴罕蘭村，甚至代表著我們的國家。我們能接受次等的寫作、次等的拼音、次等的文法嗎？我認識薩迪德·巴葉，您們可能也認識這個孩子，他是小麥商人札基爾的兒子，他是個好孩子，他的寫作能力足以代表我們，他寫的信也可以代表我們阿富汗所有的孩子。而且我很確定，這件事不會帶來任何傷害的，我很確定的是……」

村長奧可巴·汗舉起一隻手，馬哈默老師立刻住嘴。

村長說：「你告訴薩迪德這封信的事了嗎？」

「沒有，」老師說：「我來向各位請示。」

奧可巴點點頭，「很好，先請示是對的。」村長環顧著圍坐的人，「我同意由村子裡最傑出的學生來回信，我同意由學校裡的女孩來寫信是最恰當的。」奧可巴轉頭問老師說：「薩迪德不是有個妹妹嗎？」

「是的，」馬哈默說：「叫做雅米拉，小他兩歲左右。」

村長微笑了。「那很好。由雅米拉回信給這個美國女孩，而我們村子裡最傑出的學生必須指導她、協助她，一定要把這封信寫得很好。但是，署名的人必須是個女孩，這樣，一切就都妥當了。還有，我們村裡的老師也要保證這件事不會讓我們蒙羞。」他看著馬哈默的臉，說：「你能保證嗎？」

馬哈默點點頭，「我保證。」

「那麼就這樣決定了。」奧可巴・汗說：「現在，我們來繼續喝茶吧。」

十五分鐘之後，老師來到入口大廳，看到薩迪德坐在木頭長椅上，旁邊還坐著兩個男人。這兩人才剛到，有事要向長老們報告。薩迪德站起來，跟著老師走到走廊，出了門，穿過磚牆圍成的院子，接著穿過面向大馬路的鐵門。

他們站在馬路邊，馬哈默微笑著說：「薩迪德，謝謝你來。可是後來不需要麻煩你進來了。我知道你現在必須趕快去工作。明天早上，我想在你上學之前跟你談一談。我需要請你幫忙一件很重要的任務。」

薩迪德點點頭，臉上裝出不解的表情。

「那麼，」馬哈默說：「晚安。」

老師微微的鞠躬之後，便右轉往學校的方向走，回家去了。馬哈默老師不只在學校教書，他也住在學校圍牆邊的一棟房子裡。

薩迪德轉往另一個方向，向市場走去。他每天下課後要去幫父親照顧店面。現在離店鋪打烊至少還有一個小時。

他沿著大馬路走，前面有個身材高大的男人，騎著一隻瘦巴巴的驢子。他心裡想著剛剛聽到的事：他並沒有得到什麼榮譽獎，但是聽到奧可巴．汗親口說出他是「我們村子裡最傑出的學生」，這樣就夠了。

薩迪德也想著明天的事。明天，當老師請他協助雅米拉時，他要表現出驚訝的樣子，就像剛剛他裝出來的那樣。

不過薩迪德真正覺得奇怪的是，為什麼回信給那個美國女孩會是一件「重要的任務」？

這件事，還真是沒什麼道理。

2 攀岩挑戰

只要一失手，就會一路往下掉。艾比儘量不去想到這件事。她把登山鞋鞋尖的橡膠部分再伸進岩縫一點，又試試左手抓住的岩點夠不夠穩，然後弓起背，伸長右手臂，在突出的岩塊上摸索，想摸到一處可以抓穩的地方。

她因為全身用力伸展，頭盔的帶子把下巴勒得更緊。前額有一顆汗珠原本慢慢滑落，接著加速滴到她的鼻尖，再往下、往下，最後消失不見。她只要不小心滑一跤，或是身體沒有挪對位置，就玩完了。綁在身上的繩索雖然可以救命，但若失手掉下去，就算是失敗。那表示這座山征服了她，這是艾比不能接受的。

這個地方沒有一點風，沒有盤旋不去的老鷹在呼號，天空中沒有炙烈的驕陽，沒有任何事讓她分心；而且，除了這個六十公分的突出岩塊，登頂之路沒有其他阻礙。這塊灰色的東西，正摩擦著她的頭盔頂端。

她的右手在頭頂上方摸到一個隆起。太好了，這上面有個可以握住的地方，剛好夠四根手指寬。

如果把左手放掉，腳也不踩，那就可以把身體伸展到最極限。可是這樣的話，只靠右手四根手指頭，撐得住嗎？而且，腳如果懸空了，她能夠撐到左手也找到另一個可以抓住的地方嗎？就算左手真的找到可以抓握的地方，她的力氣足夠把自己的身體撐高，好讓腳找到另一個可以踩踏的點嗎？

只有一個方法可以知道結果。

她的左手還沒有放掉，右手探到下面，伸進掛在腰帶上的一個小袋子，裡面裝著止滑粉。這種白色的粉末能夠吸收手指頭上的汗水，手指就會變得乾乾澀澀的。她再把右手伸出去，緊緊抓穩，然後放掉左手，腳尖離開岩縫，小心的保持平衡不晃動。

現在艾比懸在半空中，只靠四隻手指頭撐著。她偏了偏頭，搜尋有無突出的岩塊或裂縫。就在那裡。她右手抓緊，左手往上伸，但還是搆不到，差了兩公分。在這個時候，兩公分的距離就像是兩公里那麼遙遠。

她的右手快撐不住了，正在慢慢往下滑。艾比奮力用左手再抓一次，可是這一來卻導致雙腿搖晃，本來已經很痛的右手手指，現在更是承受了過度的壓力。完了！

她的身子往後一倒，突然直直垂降下去，繩索彈了幾下，然後束緊起來把她的身體圈住。她整個人往岩壁的方向劇烈旋轉幾圈，可是並不驚慌。她用雙手緊握繩索，將膝蓋彎起來，以減緩衝擊的力道。

在她下方八公尺的地面上，英斯力老師吹了一聲哨子，「傑恩、凱莉，慢慢放她下來！」

五秒鐘之後，艾比．卡森雙腳著地，站在攀岩壁旁邊。這一堂是體育課，一天之中的第一堂課。

艾比會那麼喜歡攀岩，或許是因為在她居住的伊利諾州中部，地形一片平坦。她並不是唯一喜歡爬高的孩子，鎮上有許多孩子都

熱愛攀高。

艾比的哥哥湯姆宣稱，他和他的幾個哥兒們已經爬上鎮上的那座水塔，那可有三十六公尺高呢。艾比一想到那種高度，就不由得倒抽一口氣。她哥哥說，他們還被警察一路追到玉米田裡。不過呢，無論是爬水塔還是被警察追的事，都不是百分之百真實啦，因為他哥哥可是個有名的吹牛大王。

至於在小鎮邊緣鐵路旁那座巨大的水泥穀倉呢？肯定有人爬上去過，因為那個人在上面留下「獅子」兩字，而這是本地高中球隊的隊名，就被漆在穀倉的最頂端。這兩個字寫得好大，如果有其他高中球隊搭巴士從遠方來，即使在鎮上十公里外的地方，也能清楚看見它。

不過，在林斯德鎮上，唯一合法可供小孩攀爬的最高人造建築物，就只有波吉小學體育館裡的這面九公尺高的牆壁。

這面攀岩牆在十一月感恩節的前一週落成後，馬上就成為艾比在學校裡最喜愛的地方，而且是有史以來最喜歡的！在聖誕假期開始之前，她已經摸熟了所有登頂的路徑，不過有突出岩塊的這條路除外。現在已經是三月的第一週，這個突出岩塊還是阻礙著她，她已經試了六次，六次都失敗。

即使是這樣，艾比還是喜歡這面攀岩牆。她喜歡散布在灰色牆面上的彩色石塊；她喜歡一寸一寸的慢慢往上爬；她喜歡一個人站在頂峰，享受那種徹底自我信賴的感覺。如果失敗了，要怪也是怪自己就好，不干別人的事。

艾比甚至沒有親眼看過一座山，也幾乎沒有爬過山。所以，攀岩牆就是她的目標。在走向第二堂課教室的路上，她腦袋裡再回想一次今天攀爬的每一個腳步、每一次手攀，每個動作在她腦海裡播放著，就像電影的慢動作一樣。

她這麼用心想著這件事，有兩個原因：第一，她希望下次爬得更好，下次一定會是最完美的一次；第二，想著攀岩，比起接下來六小時她必須忍受的數學和自然，還有社會課那一大堆令人害怕的東西，要來得好玩太多了。艾比覺得，在第一堂體育課之後，學校裡所有的事情都不好玩，就像冬天沒有下雪，或是夏天沒有陽光一樣。而且，最近她的壓力實在太大了。

那是因為艾比向來不是個好學生。六年級上學期時，她的成績已經差到不行。

到了下學期，大約在二月份，也就是兩週以前，她的成績糟到不能再糟，根本就是掉到谷底了。

3 不及格邊緣

學校裡有幾件事是艾比喜歡的。她喜歡每天早晨校車上的喧鬧與活力；她總是坐在校車最後面，和她朋友曼麗以及其他幾個六年級學生坐在一起。她喜歡在走廊上和朋友閒晃聊天。她的置物櫃可以說是亂到爆，可是她覺得這樣很棒。她甚至覺得學校餐廳的食物大都滿好吃的，如果有烤起司甜洋梨這道點心，她絕對會再去多拿一份。她喜歡下午的休息時間，也喜歡美術課和音樂課。當然，體育課是她的最愛，尤其是輪到她攀岩的時候。

所以呢，艾比在學校的問題，完全是跟作業有關。她向來不喜歡學校的作業。她的閱讀能力還不錯，數學也還可以，而且她其實很聰明。她不是不會做作業，只是不喜歡做而已。

因為大部分的時候，她覺得做作業一點意義也沒有。比方說，從小到大，每個數學老師會不斷用各種問題要她證明她是不是學會了加減乘除，次數多到數不清，她實在是受夠了！

還有，造句的時候是不是都有主詞和動詞？是不是記得每個句子開頭的字母都要大寫？句子結束時是不是有加上句點？還有，為什麼她得要一篇又一篇、沒完沒了的寫作文？她長大以後又不打算進報社做寫稿這類的工作。

她已經知道美國五十個州的州名，也知道它們在地圖上的什麼位置。她知道各州的首府名稱，就連偏遠的蒙大拿州首府叫做赫勒那，她都知道。她能夠在地球儀上找出七大洲的位置，知道許多重要戰役什麼時候開打、什麼時候結束。她還會背美國獨立宣言序文的第一句；林肯的蓋茨堡宣言她幾乎會背一半。她也知道聯合國安全理事會有哪五個永久會員國。可是，為什麼每一年的社會課還得要讀一堆厚得像磚頭一樣的書？

艾比不喜歡被關在房間或圖書館裡，不喜歡坐在桌子前用鼻尖頂著書頁，或是雙手在鍵盤上敲打。她喜歡實際操作，例如學習怎麼攀岩、怎麼打繩結、怎麼使用「座位式下降法」從陡峭的岩壁上垂降。她還想學習如何使用各種登山裝備，例如繫繩釘、滑輪等等。最重要的是，她想到野外去。

她喜歡去她家後面的樹林和田野，把靴子弄得髒髒的；她想要用自己做的弓箭磨練射箭技術；她想要修復去年夏天被暴風雨蹂躪的大橡樹上那棟她親手蓋的樹屋。至於學校的作業，就像是阻礙她的東西，尤其是家庭作業，總是害她不能做她最想做的事情。雖然爸媽一直緊盯著她的成績，她還是對作業毫不在乎，一點也不想花心思去做它。所以到了六年級上學期，她本來就不太好的成績，又往下掉了一些。

艾比自己心裡也知道，她的成績已經落到不及格邊緣了。所以在二月份的某一天上體育課時，學校輔導老師把她叫到辦公室去，她其實不太驚訝。四年級的時候，輔導老師卡摩蒂就曾經找她去聊一聊，談談她的課業問題；五年級也曾談過兩次。所以這次她一走進輔導室，就知道等一下老師會對她說些什麼。

「嗨，卡摩蒂老師。您找我嗎？」

「對，艾比。我們到桌子那裡去坐吧。」

艾比看到那張桌子旁已經擺好兩張椅子，看起來有點像是要吃西餐的擺設。兩張椅子前的桌面上各擺了一份東西，一邊是個白色信封，另一邊是個厚厚的綠色檔案夾。卡摩蒂老師拉開綠色檔案夾那邊的椅子，於是艾比就坐在白色信封那邊。坐下來之後，她看到信封正面寫著她的名字。

她拿起信封，說：「這是要給我的嗎？」

卡摩蒂老師說：「是的，但是我們先談一談，好嗎？」輔導老師停頓了一下，說：「你各科的老師請我告訴你，還有你的爸媽，他們認為你明年最好再讀一次六年級。我看過你的檔案，覺得他們說的沒錯，這就是這封信裡的內容。你可以自己告訴爸媽這件事，或者你希望由我來說的話，我今天就可以打電話給他們。我已經把信寄到你家了，但是我想先告訴你，免得你回到家之後才知道這個大消息。現在，你有什麼問題要問嗎？」

艾比突然覺得嘴巴好乾，舌頭像是黏在牙齒上一樣。她瞪大眼睛看著卡摩蒂老師大約五秒鐘，就像是有人按了暫停鍵讓整個宇宙都停止運轉似的。她喃喃的說：「我……我被留級了嗎？」

輔導老師點點頭。「我們的建議是這樣沒錯。中學的課程本來就不太容易了，等升上中學之後，也不會有時間再複習基本知識，我想你也知道這一點。以前有幾個學生有過類似的經驗。再重讀一年對你會有幫助，尤其是幫你打好上中學的基礎。」

艾比還是瞪大眼睛。「可是……留級？我不想這樣。我……我不想這樣。」

「我知道你一時無法接受。做個深呼吸吧。記得，我們這麼做都是為你著想。要不要我倒一杯水給你？」

艾比搖搖頭。

「你想不想說點什麼？」

她又搖搖頭，說：「我……我不知道該怎麼說。我覺得……就像您剛剛說的，我一時無法接受。」

「嗯，這真的很難接受，我能了解，真的。我只希望你記得，這樣做對你最好。所以，現在也許你先回去上課，想想看，好嗎？如果你今天還想再過來這裡，這張請假單可以讓你在任何時間來找我。」她遞了一張單子給艾比，「如果你需要我打電話給你爸媽的話，先跟我說一聲，好嗎？」

艾比拿了那張單子，放進白色信封裡。她站起來時，卡摩蒂老師說：「每件事都可以解決的，艾比。你以後就會明白。我們再找機會談一談吧。」

艾比再度點點頭，說：「好吧。」她勉強微笑一下，但是臉上的肌肉僵硬。她走出辦公室，沿著四年級走廊回到體育館。

好幾間四年級教室的門是打開的，各種聲音一下子湧來，有響亮的朗讀聲、老師教數學的聲音，還有錄影帶播放太空探索節目的聲音。可是艾比這時只聽得見自己的聲音說：「我被留級了！」

她走進體育館，大家正熱烈的玩躲避球。她走到牆邊，曼麗正坐在那裡。曼麗不喜歡玩躲避球，她每次一上場，就會故意讓球砸中。

曼麗說：「老師叫你去是為了什麼事啊？」

「沒什麼。」

曼麗轉頭過來，仔細看著艾比的臉。「你身體不舒服嗎？看起來臉色很糟耶。」

「我很好。」艾比說。

騙人的。

那一天是二月的某個星期二。放學之後，艾比覺得稍微好一點了。她仔細讀了那封信，想過關於作業的問題，更重要的是，她想過自己的問題。對於她現在的情況，她做了一些決定，而且馬上開始進行。

第一個決定是，請卡摩蒂老師不要打電話給她爸媽，她想要自己對爸媽說這件事。下午兩點半時，這想法也許是個好主意，但大約到了晚上七點，她想如果能有卡摩蒂老師的電話就好了。

晚餐後，她和爸媽待在廚房裡。她鼓起全部的勇氣，好不容易才開了口：「嗯，媽、爸，有件事我得跟你們說，是個壞消息，嗯……滿糟的……很糟。」

媽媽很快拉了一張椅子坐下來，她的臉色漸漸變得蒼白。爸爸把碗放在流理臺上，又放下抹布，他的表情看起來很像是被鐵鎚敲到大拇指。

艾比從褲子後面的口袋拿出摺了幾摺的白色信封，攤平，拿給媽媽。「是跟我的成績有關。」

「喔……成績，」爸爸說：「那就好，噢不，我的意思是說，成績不好，可是至少不是發生別的事情。」

媽媽看來也鬆了一口氣。她打開信封，拿出一張藍色紙張。艾比心想：「不然他們以為是什麼事？」不過這只能留待日後再探討了。

爸爸從桌子另一邊走過來，從媽媽後面看著這封信。

艾比說：「我……我今天早上才拿到這封信，是輔導老師給我的。你們也會收到一封郵寄來的，可能明天會寄到吧，但是我想先跟你們說。我知道這封信上寫的事情很糟，可是我已經想出一個計畫了，明天就會開始進行。噢不，是今晚就開始，現在就開始。真的。我覺得現在開始不會太晚，一定可以挽救的，真的。」

「挽救？」爸爸說。艾比聽出她爸爸的口氣不太好，她馬上進入備戰狀態。無論爸爸在看到信之前有什麼感覺，那種感覺都已經煙消雲散了，他現在看起來就像是一隻兇猛的惡犬。「已經下學期了，你的老師說你可能要留級一年，你覺得這種狀況是可以馬上挽救的嗎？艾比，事情不是你想的那麼簡單！」

「我可以參加暑期輔導，如果需要的話，」艾比說：「畢竟，這封信只是個警告，不是嗎？而且現在才二月啊，這件事並不是完全無法改變的。」

媽媽低頭看信，大聲唸出來：「一月份的成績單已經顯示，艾比的數學、自然、閱讀和社會科都不及格。她的功課嚴重落後，最近的測驗成績也很低。她很可能必須留級一年。」

艾比說：「沒錯吧？信上只有說『很可能』，所以這是還沒確定的事啊。」

「就算你做了很大的改變，」爸爸說：「而且是很巨大的改變，可能還是不夠。因為你的課業問題已經持續了好久，那根本就是一團糟。」

「我知道，」艾比說：「我會努力用功，非常非常用功。我會的，我保證。我現在就開始用功。今天放學前，我和古碧兒老師及貝克蘭老師約好了，我明天早上會跟他們談一談。我會想出不被留級的辦法。無論什麼方法我都會去試，我保證。」

「好，我們也會跟你的老師們談一談，」媽媽說：「可是，我必須跟你說，我很失望。我們上次收到你的成績單的時候，你就說過你要改變的。你那時候也保證過，記得嗎？所以我才沒有每分每秒一直盯著你。我很遺憾我們沒有把你盯緊一點，結果現在可能已經太晚了。早知道我應該每天檢查你的作業。」

「我們不會再犯這個錯了，」爸爸說：「如果你真的想挽救你的成績，而且真的花很多很多時間去弄懂每一門功課，那還像話。你不應該被留級的，艾比，你沒什麼道理一定得留級。我們現在開始會儘可能幫你，可是你自己更應該努力，盡力做到你能做的事。好嗎？」

艾比點點頭。「好。」

「還有，」爸爸繼續說：「就算今年你的成績救不起來，你還是應該改變你對學業的態度。就從現在開始，你同意嗎？」

「是，」艾比說：「我同意。」

「現在，」媽媽說：「告訴我，你今天得預習哪一課？這一週有沒有考試？有沒有報告要交？」

接下來的兩個小時，艾比坐在餐桌前，由媽媽在旁邊盯著她做家庭作業。她讀了一章社會科的課文，寫完這一章課文後面附的習題。她還練習拼音，做了一份文法練習單；也拿出化學週期表，背了十個化學元素的簡稱，還做完數學課本第一七七頁的奇數問題。

寫完作業，還有半小時可以看電視，而且她還用手機很快的跟曼麗講了一通電話，吃了一些點心。最後，媽媽和爸爸跟她親吻一下道晚安。

在上樓準備睡覺時，艾比突然意識到，這是她今年第一次做完所有的家庭作業，連隔天的課也都預習了，這種感覺真棒！星期三必定會是個輕鬆愉快的日子。

可是，等到她把頭放在枕頭上，她的腦袋裡開始有個聲音跑出來說：

> 你以為只花一個晚上做完功課，他們就會讓你升上七年級嗎？哈！你真傻！
>
> 認清事實吧！你是個爛學生，你從來就不是個好學生，以後也不會是。你就繼續做爛學生吧！六年級一定會被「當」的，所以你明年一定得再把這些無聊的東西全部重讀一遍！
>
> 你所有的朋友都升上中學了，他們會對你指指點點。所有同學的媽媽都會拿你當例子，說：「要用功一點，不然就會被留級，像艾比·卡森那樣！」

她從床上坐起來，心臟噗噗跳、臉頰發燙、拳頭緊握。她脫口大聲的說：「我絕對不會被留級的！我會認真讀書！媽和爸會幫忙，老師也會。我一定要上中學。我一點也不笨！」

4 拉高成績

星期三早上，就在收到學業警告信的隔天，艾比下了校車，走進校門。她告訴導護老師，她跟其他老師約在一三三教室，然後就直接往六年級教室的樓層走去。

整棟大樓空蕩蕩又靜悄悄。這段路滿長的，所以艾比還有時間想一想，要怎樣才能在九月份的時候，不必再走一次這段六年級學生走的路。

一三三教室的門是關著的。艾比敲敲門，傳來一個聲音說：

「進來吧。」

她打開門，古碧兒老師說：「早安，艾比。過來這裡坐。」老師臉上沒有笑容，聲音裡也沒有笑意。艾比看到老師面前有一本成績紀錄本，正攤開來放在桌上。

古碧兒老師是艾比的數學和自然老師，這間是她的教室。她坐在自己的辦公桌後面，桌前有兩張椅子，教社會和語文的貝克蘭老師坐在其中一張椅子上。

艾比一坐下，就滔滔不絕的說：「我會做到所有要我做的事，我不想被留級。我很抱歉以前沒有好好用功，我以後會做得更好，所以我希望你們告訴我應該怎麼做。」她停了一下，想起來應該加上一句：「拜託。」

「嗯，我們絕對願意用各種方式來幫你，艾比。」古碧兒老師說：「可是你目前的狀況很不樂觀。」她把手放在成績紀錄本上，用手指頭翻著頁面，眼睛搜尋著，然後她搖搖頭，說：「自然科成績很糟，數學也是。」

貝克蘭老師也有一本成績紀錄本。她點點頭說：「語文和社會也不太好。接下來所有的大考和小考，你都必須得到很高的分數，才能升上七年級。」

艾比坐在椅子上，身體向前傾，說：「如果從現在開始，我考試都得高分，就沒事了，對不對？」

貝克蘭老師說：「我不知道能不能向你保證，艾比。我不想打擊你，可是你的平均分數真的太低了，要爬很久才能拉得上來。還有，你當然也要在伊利諾州學力測驗中得到好成績才行。」

艾比說：「我可以參加暑期輔導，不是嗎？這樣我就可以拉高分數，對不對？」

「我們這一區沒有開辦六年級的暑期輔導，」古碧兒老師說：「所以，這個方法行不通。」她臉上沒有笑容。這個數學老師給人的感覺就是很不溫暖。

艾比覺得，她抓住上中學的那隻手正在往下滑。她來回看著兩位老師，最後鎖定貝克蘭老師的眼睛，懇求著說：「一定有什麼辦法是我做得到，而且能讓我升上七年級。一定有的，對不對？」

貝克蘭老師看看艾比，又看看古碧兒老師，然後說：「你等我們一下。」

兩位老師站起來，走出教室，還把門關上。

艾比轉過頭，從門上的玻璃看到古碧兒老師的背影。兩位老師低聲交談著，艾比聽不清楚她們說些什麼。

她心想：「她們一定可以幫我的，只要她們願意。她們一定願意的，因為她們兩個人……應該都不錯吧。」艾比又想：「而且，她們一定也不希望我留級。」

一分鐘之後，兩位老師都走回來坐下。

貝克蘭老師說：「要升上七年級，你得做到三件事。第一，從現在開始，每天都必須做完作業，每一科都要做。」

艾比點點頭，說：「可以……我的意思是說，我會的，我會每天做作業的。」

古碧兒老師說：「第二，從現在起，你每一科的每一次考試，不論大考小考，都要拿到B+，也就是八十五分以上。」

艾比又點點頭，說：「如果我夠用功的話，就一定做得到。我會用功的。」

貝克蘭老師說：「最後一點。因為你的語文和社會比數學及自然的成績低很多，你得要額外做一項特別的作業交給我。是一項特別的計畫，可以得到額外的分數。你願意做嗎？」

天啊，更多的作業！真是太嚇人了。可是艾比還是盡力微笑著說：「當然願意……不過，嗯，那是什麼樣的計畫呢？」

「有幾項不同的計畫可以選擇，」她說：「你要從中挑一樣。你必須好好的做，才能得到這個額外的分數；同時，平常要做的作業也都要交。這並不容易喔。」

「只要我能升上七年級，」艾比說：「什麼事我都願意做，真的。每件事我都會努力去達成，就從現在開始。其實我昨天就開始了，我做完了所有今天要交的作業。」

貝克蘭老師說：「那就好。我會寫一份學業約定書，古碧兒老師和我會在上面簽名，你要簽名，連你爸媽也要簽。然後，一切就看你了。」

「我知道你做得到。」古碧兒老師說。她對艾比淺淺一笑，雖然不夠溫暖，不過還算誠懇。

貝克蘭老師站起來，說：「現在，我們到隔壁去，你來選一項你要做的計畫。我們得馬上開始才行。」

艾比站起來，正要向門口走去，卻又停住了。她轉身過來向古碧兒老師說：「謝謝，古碧兒老師。」

數學老師再度微笑，這次能稍微感覺到她的溫暖。「不客氣，艾比。待會兒見。」

艾比跟著貝克蘭老師走出數學教室，她試著保持堅強、自信的表情。可是，她沿著走廊走著，卻皺起眉頭、咬著下唇，就像在看恐怖電影那樣。

她心想：「我真的要每一科、每一次考試都考八十五分以上，而且每一項作業都要寫嗎？這個學期接下來都必須這樣，這怎麼可能啊？」

從她三年級接到第一張成績單開始，她從來沒有考過八十分以上，大部分都是七十幾分，有時候是六十幾分。現在，她就像是要從不及格邊緣，搖身一變，進入優等生的行列。如果她沒有做到，下學年就會有「似曾相識」的感覺——再重讀一次六年級。

她心想：「接下來四個半月，我的生命裡就只剩下家庭作業、小考、大考，還有那個什麼額外加分的計畫了。唉，基本上，我等於是完蛋了。」

5 額外加分計畫

艾比跟著貝克蘭老師進入一三一教室，看著她打開一個櫃子，從最上面那一層拿出一個用紅色書面紙包起來的大鞋盒，盒蓋上有個像電視遙控器那麼大的洞。在盒子較長的那一面，用工整的字體寫著：額外加分作業。

「我以前怎麼都沒看過這個呢？」艾比問。

「因為我希望學生好好的做平常的作業，不要臨時抱佛腳。不過呢，事情總會有例外。」貝克蘭老師晃了一下手上的盒子，說：

「這東西有個玩法。我擬了大約十項不同的計畫，分別寫在一張紙上，摺好後就放在盒子裡。你要伸手進去拿一張出來，那就是你要做的額外加分計畫。不能選第二次，也不能反悔。」她把盒子舉在艾比面前，說：「所以，挑一張吧。」

艾比把手伸進盒子裡，慢慢的往四周探一探，然後摸到一張紙。她放開那張，摸到旁邊一張，準備拿出來；不過她又把那張放掉，將手伸到角落，抓到第三張，把它拿出來。

貝克蘭老師說：「打開，大聲唸出來。」

艾比攤開紙大聲唸出，聲音傳遍空曠的教室：「筆友計畫。第一，老師會幫忙找一所位在地球另一端的某間學校，這所學校會位在一個與你的文化不同的地方。」

「第二，寫一封信，邀請這所學校裡的某個學生和你做筆友。」

「第三，把你寫的信影印一份，連同你收到的信，一起展示在教室的布告欄。要常常更新展示內容，一有回信就要貼出來。」

「第四，當信件往返兩次後，請在全班同學面前做一個口頭報告，說明你從這幾封通信中學到了什麼經驗。」

這就是整個計畫的內容。艾比唸完之後，又自己在心裡默默的唸一遍。

貝克蘭老師說：「那麼，你覺得如何？」

「看起來要做很多事，還要寫很多字……可是也滿好玩的。」她馬上又補充說：「你會幫我找一所學校，讓我寫信過去嗎？」

老師點點頭。「我已經跟幾個地方接觸過。我寄了電子郵件給一位在印尼雅加達的老師、一位在阿富汗喀布爾的學校行政人員，還有中國北京的一位教授。這些地方，你對哪一個有興趣呢？」

「我……我不知道，」艾比說。她只知道二〇〇八年奧運在北京舉辦，除此之外，她對這些地方一無所知。接著，她邊想邊問：「不過……哪個地方有山呢？很高的山。」

貝克蘭老師說：「用地球儀查一查，然後你自己決定吧。」

窗戶旁邊的桌上擺了三個地球儀。有一個是行政地球儀，用不同的顏色顯示出目前地球上不同的國家；還有一個是歷史地球儀，顯示的是一八〇〇年的時候，世界上有哪些國家；還有一個立體地形地球儀，以表面的凹凸顯示地球上的山脈、河谷、海溝等地形的高度變化。

老師指著立體地形地球儀。「好，先找出澳洲。」艾比轉轉地球儀，然後把手指放在澳洲上面。

「澳洲的北邊和西邊，看到那一連串的島嶼了嗎？那是印尼的一部分。印尼的首都雅加達就在爪哇島上。」

艾比把手指頭挪到這片區域上。「不是很多山耶。」

老師點點頭。「因為這地方的海拔不是很高，很多島嶼都是這樣。現在，你能找到北京嗎？」

艾比用手指頭在地球儀上尋找，從雅加達往北移動，經過南海到達香港，再沿著海岸線一直往上，經過臺灣島旁邊，再往北到上海，進入陸地。

「這裡，」艾比說：「北京。」

「有沒有山？」

艾比搖搖頭。「滿平的。」

「好，」貝克蘭老師說：「從北京開始，往南邊和西邊，往印度的方向移動。」

艾比照著做。當她的手指接近印度的時候，她說：「有山了，很高的山。」

「對。是什麼山呢？」

艾比唸出來。「喜瑪拉雅山，那就是聖母峰的所在地！」

「沒錯。現在沿著山脈往北及往西……好，停。那裡是巴基斯坦，從那裡直直往西走，就會到阿富汗，以及它的首都。」

艾比把阿富汗的首都拼出來。「K-a-b-u-l……嗯……這個字要怎麼唸啊？」

「就唸出你所看到的字母。a發短音，重音在第一音節，Ka-bul，喀布爾。這個地方的地勢如何？是平的還是有山？」

艾比說：「嗯，不像喜瑪拉雅山那麼高，可是也絕對不像北京或爪哇島那麼平。」

「對，」老師說，「看到喀布爾北邊那些隆起的稜線了嗎？那叫做興都庫什山，那裡非常陡、非常崎嶇。」

艾比說：「那麼，我想要在那個區域找個筆友。」

貝克蘭老師點點頭。「好。這個選擇不錯喔。明天結束之前，我會給你一個地址。」

兩天之後，艾比就寫了第一封信到阿富汗，就是那封放在綠色信封裡的信。這封信在三月的第二週，送到了喀布爾北方山丘上的一個村莊小學。

6 進退兩難

「你這次可以幫忙唸這封信嗎？可以嗎？拜託你……」

薩迪德搖搖頭。「不行。不要再求我了。如果你不練習自己讀英文，就不會進步。不要再碰那張空白信紙，不然我就把你帶到外面，把你的頭埋進雪裡。現在開始唸。這次，在唸出每個字之前，一定要先仔細看清楚。」

薩迪德知道他對雅米拉很兇。可是，對任何一個有自尊心的男孩來說，讓他做這件事實在是太超過了。尤其是，再不到四個月，

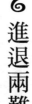

他就要滿十二歲了耶。

這對兄妹並肩坐在一張印度輕便床上，這是一種有四隻腳的矮床，他們家把這種矮床當作沙發。他們家位在村子西邊的一條主要道路旁，是一棟小小的、用石頭和泥磚蓋成的房屋，裡面有四個房間，他們兄妹倆就坐在房子正中央的房間裡。這個房間在冬天是最溫暖的，因為廚房的爐子也在這一間。等市場收攤、晚禱結束後，他們才能吃晚餐。不過那小小的木炭爐灶已經點燃，有部分原因是為了取暖。現在是中午，媽媽已經從縫紉工廠回到家，為孩子們熱了飯。她站在爐子旁邊的一張木桌旁，忙著切洋蔥、羊肉，還有檸檬片，準備做晚餐要吃的燉菜。

薩迪德咬著牙，聽她妹妹雅米拉大聲唸出信上的字。這是第二次了，可是她連最簡單的字都還唸得結結巴巴。這也不能怪她，因

為，第一，這封信上的字寫得太潦草了，看得出來那是用禿禿的鉛筆寫的，信紙上有一條一條橫線，信紙邊緣凹凸不平。唉，英文本來就很難，還要記得是從左邊開始讀起，這就更難了。而且他一直提醒自己，雅米拉還小他兩歲呢。

即使如此，聽她唸信，薩迪德還是覺得很受不了。

親愛的筆友：

我叫做艾比．卡森，我住在美國伊利諾州的林斯德鎮。伊利諾州在美國的中部，這裡是一片遼闊的農地，地形幾乎全部是平坦的。你住的地方看起來怎麼樣呢？看得到山嗎？

我必須告訴你實話，我寫這封信，是因為這是一份額外的學校作業。我想，這封信可能也會讓你多花些時間吧。寫這封信的時候，我不知道到底是要寫給誰，除非等到你回信，我才會知道。不過，只要想到我這封信是穿越那麼多地方才到達阿富汗，哇，那真是神奇啊。我們這裡的新聞會播報有關你們國家的消息，大部分是在說為什麼你的國家會發生那麼多戰爭。你住的附近有受到波及嗎？希望沒有。

一邊聽著雅米拉吃力的唸著信，薩迪德一邊在想今天中午放學的時候，老師跟他說的話。「薩迪德，我將這項任務交給你，是因為我相信你，我相信你會做好這件事。我知道你會為我們的村子爭光……我是說，你和你妹妹。我已經跟她說過了，她得回信給一個美國的學生，可是你會協助她寫信。那個寄信來的美國學生是個女孩，所以才要由你妹妹在回信上簽名。女生跟女生通信，這樣才不違背規矩。雅米拉答應不跟別人說你會幫忙她寫信。你得要在旁邊監督她寫，確定她寫得好，寫的都是有趣的事，而且是好事。現在我把信交給你，仔細收著，知道嗎？」

「是的，老師。」薩迪德說。他接過信的時候，假裝對整件事情的安排很驚訝。

不過，當然啦，他早就知道這件事，因為他在村長奧可巴．汗的屋子外面偷聽到了。但是老師把信交給他的時候，一點都沒有提到村裡的長老堅持採取這種方式。薩迪德心想：「老師有這麼多頂頭上司，還真是不輕鬆。」

這並不是說，薩迪德原本以為他老師的工作很輕鬆。全校的男女學生加起來有一百多個，而馬哈默是唯一的老師。這所村莊小學只有一間教室，每天上午，一年級到六年級所有學生全都擠在這間教室上課。下午則是給年紀更大一點的學生，教室裡用一個活動式屏風隔開，男生在右邊，女生在左邊。

跟比他年紀小的學生一起上課，薩迪德可以容忍，可是也快要受不了了。「說真的，」薩迪德心想：「到學期結束前的這段時間，馬哈默應該找我當他的助教才對。」因為他已經清楚的觀察到馬哈默老師是如何有技巧的把不同程度的學生分成幾個組，讓各組的學生可以同時做不同的功課。「我也可以做到。」他心想：「至少老師很有頭腦，出了不少具挑戰性的功課給像我這樣成績不錯的六年級學生來做。這還差不多。」薩迪德特別高興的是，他可以把老師收藏的英文書借回去看。他已經看完這個小圖書館裡所有的書，除了《偉大的抱負》這本長篇英國小說之外。「真希望我能快點讀到這本書。我應該不用花幾天時間就能讀完。」

雅米拉突然停下來不唸了。薩迪德從胡思亂想裡回到現實。

「怎麼了？」他說：「為什麼不唸了？」

「因為你根本沒有在聽啊。」她嘟起嘴巴。

「才怪，我聽得很清楚，」他說謊。「你唸得很不錯，繼續唸啊，速度加快一點。」

雅米拉重重嘆了一口氣，繼續唸，可是唸得比之前更慢。

好啦，希望你回信的時候，能夠告訴我一些關於你的事。也許可以談談你的家人，或者說一說你住的地方是什麼樣子、你長得怎麼樣。你也可以寄照片給我，如果你有照片可以寄的話。看照片一定很好玩。

薩迪德的心思又飄走了，他又在想老師跟他的談話。他拿到的這封信，裝在亮綠色的信封裡，就像七月的青蘋果那種顏色。信封正面貼了兩張粉紅色的蝴蝶貼紙，分別貼在收件人地址的開頭與結尾。薩迪德長到這麼大，看過的信件都是既正式又嚴肅的，都是重要的信件。有些是灰藍色的航空信封，有些是咖啡色或白色信封，蓋滿了一堆官方戳章、郵戳，還有郵票。而這封信看起來一點也不嚴肅，上面只有三張郵票，每一張都印著一面小小的美國國旗。

除了這封信之外，馬哈默同時也給了他一枝新的鉛筆、十幾張雪白的信紙，還有五個信封，每個信封都已經貼好航空郵票。薩迪德把鉛筆以外的其他東西都夾進筆記本的內頁，仔細收好。

他的老師說：「從喀布爾開來的巴士，就是每個禮拜來兩次的那班車，司機答應幫忙把信帶去郵局。一切都安排好了，所以請你明天下午之前就要寫好信。很抱歉時間這麼趕，可是也沒別的辦法。你和你妹妹可以在這麼短的時間內寫完一封信嗎？」

薩迪德回答說：「可以的，老師。」還禮貌的點點頭。

薩迪德走出學校，他的朋友納基在外面等。納基把羊皮領子拉高高，以抵擋刺骨的寒風。「你的麻吉跟你說了什麼？他又頒獎給你了嗎？或者，他是問能不能幫你擦鞋子？」

薩迪德推他一把，害納基差點踩進一堆羊糞裡。「才不是哩，只不過是派給我一項功課。像你這種笨蛋是不會了解的啦。」

他邊說邊把筆記本握得死緊。如果被朋友發現他藏了這個綠色信封，裡面的信還是女生寫來的，那他這輩子一定都會被恥笑。

雅米拉終於快唸完了。薩迪德多希望他能免除這項任務啊！

現在，他沒得選擇，只好協助妹妹了。基本上，這不算什麼

「從旁」協助，根本就是直接替她寫，她只管簽名就好。然後，這封信就會被送到那個美國女孩手上，接著，她可能又會寫信來。

所以，他得夾在這兩個女生中間好幾個星期，不，可能是好幾個月。被迫要聊一些沒有意義、瑣碎的雜事——天下還有什麼比這更糟的事？這簡直是在浪費時間、浪費紙張、浪費郵票！

只有一個下午的時間，她妹妹哪有可能寫出一封信啊，更何況是用英文寫？哼，教狗騎摩托車還比較容易。

雅米拉唸了最後幾句。

> 希望你能趕快回信。因為如果我拿到的回信數量不夠多，我的作業分數就不會很高。我真的很需要高分。你是一個好學生嗎？希望你是。

謝謝你讀完我的信。我會等你的回信喔。

祝　好

你的美國筆友
艾比·卡森　敬上

信裡還附上一張照片。薩迪德看著照片中的女孩，她根本沒有在看鏡頭，整個人掛在一面凹凸不平的灰色牆壁上，腳和手都大大的張開，像蜘蛛一樣攀著牆面。有一根繩子從上面垂下來，連接著一條繫在她身上的寬腰帶。她的臉沒有蒙起來，頭髮是淡咖啡色的，很短，短到碰不到肩膀。她穿著黃色T恤、紅色長褲，褲子外緣繡了幾個英文字母：LIONS（獅子），鞋子是黑色的。她的手臂瘦瘦的，不過對一個女孩來說，那手臂看起來很有力氣。她的手臂和臉的皮膚很白。照片裡的她正向上看，表情很堅毅，看起來甚至好像在生氣。

就是這個蜘蛛女，害他要做這個額外的功課，一個沒有意義的功課，而且還得造假，假裝是雅米拉自己回信給她。

可是，薩迪德已經答應老師了。男子漢大丈夫，既然答應了，就要遵守諾言。

「可以了，」薩迪德說：「鉛筆已經削好了，現在，你就用你會的英文盡力寫吧。你先想好，然後告訴我你要寫哪些字，要怎麼拼，是用英文喔，然後把字寫在紙上。這樣知道嗎？」

雅米拉點點頭。「我當然知道。你不要再用那種口氣講話，把我當小寶寶一樣。」

接著，他們就開始工作了。

7 逐字逐句

薩迪德慢慢的、有耐心的、一字一句的試著引導她妹妹寫出一封周到的英文信。她花了三分鐘寫出日期，又花了五分鐘寫出開頭這幾個字：「美國的艾比」。

十分鐘後，當她努力想寫出「村莊」這個詞的時候，薩迪德再也忍不住了。

「你的腦袋裡都裝了些什麼？石頭嗎？我不教了！」他吼著，又一把搶過妹妹正在寫的信紙，將它撕個粉碎。

雅米拉大哭了起來。

正在房間另一頭的廚房揉麵團的媽媽，停下來看著薩迪德。媽媽沒有罵他，但是他看到媽媽皺著眉頭。

他做了個深呼吸，又再深呼吸一次。

接著，他說：「雅米拉，別哭了。我剛剛不該對你吼叫的。」他腦袋轉得飛快，「真的，這不是你的錯，你的英文還沒有好到可以寫信。你連英文字母都還不太會寫，更何況要拼出所有的字，還得要把文法弄對。這種語言真的很難。」

薩迪德這麼說是要安撫她，可是雅米拉哭得更大聲了。她抽抽答答的說：「老師……老師一定會覺得我……我很笨。就跟你心裡想的一樣！」

「沒有，我沒有覺得你笨，」他說：「老師也不會覺得你笨。」

他很不自然的拍拍妹妹的肩膀，「不要再哭了，好不好？我想到一個方法，你一定會覺得很棒，要不要聽？」

雅米拉抬起頭來看哥哥。她臉上的淚痕讓薩迪德嚇了一跳。

「來，看這邊。」他一邊說，一邊把鉛筆慢慢從她手中拿走。接著他打開學校筆記本，翻到空白的一頁，「你就告訴我，你想跟這個美國女孩說些什麼。用達里語❶說就好了，我會先寫在筆記本裡，然後再用英文寫在信紙上。你只要簽名就好了。我就像市場裡面那個坐在攤位上幫人寫信的人，而你就像顧客，只要告訴我你想寫什麼就好。」

雅米拉用深藍色頭巾的一角擦擦眼淚，擤擤鼻子，然後眨眨眼

---

❶達里語（Dari），也稱為東波斯語，是主要使用在現今阿富汗境內的一種波斯語言。是阿富汗政府明訂的兩種官方語言之一。

睛，抬頭看著哥哥。「不管我說什麼，你都會照著寫嗎？」

「我會的。」薩迪德點點頭，又開始不耐煩了。「現在趕快開始說吧。我們總不能花一整天時間在這件事上面。告訴我，你想寫些什麼？」薩迪德想趕快把這件事情結束掉，然後留幾個小時做下午的工作。

於是，雅米拉開始口述她想寫的內容：

美國的艾比：

我叫做雅米拉，今年十歲半。我住在一個叫做巴罕蘭的小村莊，大約在喀布爾北方一百二十公里的地方。我們這裡現在還有一些雪堆在地上，可是有時候會有幾天比較溫暖。雪大約還要再下兩個月才會完全停止，現在晚上還是很冷。

我在學校讀四年級，我很用功。我們村莊裡也有一些女生會去上學，我很高興我父親准許我去上學。我喜歡讀書，而且字也寫得愈來愈好。我正在學英文。

我有一個媽媽、一個爸爸、一個哥哥。我叔叔和嬸嬸跟我們住在一起，可是再過不久他們就會有自己的房子了。他們搬走的話，我會很難過，不過這樣很好，因為房間就會多出來。

謝謝你寄照片來。我看到你的頭髮顏色很淡，也看到你穿黃色上衣和紅色褲子。為什麼會有一面石牆，牆上還有屋頂呢？我不明白那是做什麼用的。

我沒有照片可以寄給你，因為我們沒有相機。不過，附近的一個鄰居有相機，也許我可以請他幫忙。

雅米拉又繼續講了好幾分鐘，都沒停過。薩迪德還滿驚訝的，她妹妹居然可以這樣「說」出一封信，而且還滿有內容的。終於，她沒事情可說了，最後的幾句是：

艾比，我很謝謝你寫信來。在此祝福你和你的家人平安健康。求神保佑。

你的阿富汗朋友

雅米拉．巴葉

就像先前答應過的，她怎麼說，薩迪德就怎麼寫，逐字逐句的照著寫。他把筆記本給她看，她笑了，說：「謝謝你，寫信先生。」

接著，雅米拉跳下矮床，去幫媽媽把生麵餅搬到村裡的烘培工廠，那裡才有烤爐。

她們出門前，薩迪德已經開始把雅米拉的信翻譯成英文。他在筆記本上先寫初稿，然後用最工整的字體抄在全新的信紙上。十五分鐘後，他就把一張信紙的正面給寫滿了；又過十分鐘，背面也寫了一半，就寫完了。現在，這封信就等著雅米拉簽名。

薩迪德把紙張挪開，小心翼翼的闔上筆記本，抓起帽子和外套，匆忙出門趕去爸爸的店裡。麵粉、扁豆和米差不多該送到了，他知道自己必須趕快去幫忙爸爸和叔叔堆疊那些沉重的糧袋。

他腳步輕快的走著。沿著這條穿過村子中心的大馬路，大約要走五百公尺才會到市場。薩迪德聽到卡車轟隆轟隆的引擎聲，因為到市場的路幾乎都是上坡。不過那些聲音都是從市場另一頭傳來的，那邊的路比較寬；而這一頭，也就是從薩迪德他家到市場的這個方向，路上幾乎都是婦人和年輕女孩，她們從市場帶著大包小包的食物回家。有些人跟他一樣要去市場，正走在他前面。有個剪羊毛工人正扛著一大綑羊毛；有個挑著扁擔的女人，扁擔裡裝的是木炭；一個男孩牽了頭驢子，上面馱了一捲地毯。薩迪德注意著周遭的一切，如果有鄰居跟他打招呼，他就會點頭微笑。不過，他的心思不在這裡，他心裡想的是寫信這份差事。

雅米拉會突然哭成那樣，實在令他很驚訝。她是真的希望能好好的寫這些信，也為自己所做的事感到驕傲。「我也想好好的寫啊，」薩迪德心裡想著：「但我不可能會哭的。」這讓他想到，他和妹妹以及大部分的女孩，是多麼的不同。這個想法留在他的腦袋裡好幾分鐘。唉，女生真讓人搞不懂。

他快走到市場了，這條泥土路到市場附近就開始變寬。道路兩邊的固定攤位已經蓋好，所以它們的入口比路面要高。沿著店鋪是一道膝蓋高度的平臺，用石頭和泥土鋪成，就像店鋪前的門廊。而店鋪的屋頂向外延伸出來，遮蔽了門廊的範圍，這樣一來，商店裡的夥計和貨物就比較不會受到日曬雨淋。每間店鋪有兩扇堅固的木門，開店的時候把門打開，晚上就關起來，並上鎖。

每年的這個季節，薩迪德都覺得市場上的氣氛有點單調乏味。這時候只有固定店家有做生意。他最喜歡的是春天快結束到秋天來臨前的這段時間，市場上從早到晚到處都是攤販，有的用小推車推出來賣，有的在貨車上賣，有的把貨放在籃子裡賣，有的在地上鋪一塊布，把貨攤在地上。馬鈴薯、水果、香料、鞋子、工具、書、木炭、煤油、布料、皮革、衣服、廚具、肉類、家禽、手提式收音機、木材、暖爐、腳踏車、茶葉……在夏季的市集裡，幾乎所有東西都可以買到。

「小子，你餓不餓呀？」再走五、六家就到薩迪德父親的店鋪了，這個叫住薩迪德的是個賣小吃的攤販，名叫拉飛。他遞出一個烤肉串，「我這問的是什麼問題嘛，男生哪有不餓的？來，拿去吃吧。」他眨眨眼說：「算在你爸爸的帳上啦。」

薩迪德笑了，接過這支串著羊肉和甜紅椒的烤肉串。「嗯……好香喔！謝謝。」

「下次要再來，」拉飛說：「還要記得幫我宣傳一下喔。」

薩迪德狼吞虎嚥的吞下第一口烤羊肉時，就看見了今天下午要做的工作。

他爸爸的店鋪佔有兩間店面，其中一間大部分用來堆貨物，這樣的話，另外一間的地板就比較整潔寬敞，可以讓顧客走進來。顧客選好東西之後，放在從天花板垂下來的磅秤上。現在，在當倉庫那間店鋪的前面，堆疊著四、五十袋穀物和麵粉，有些是用卡車從喀布爾載來的，有些是用牛車或驢子從本地的磨坊或農家運來的。薩迪德真希望剛才議價的時候他在場。他爸爸是個議價高手，總是可以談到好價錢。

「你總算來上工啦，兒子。還帶了點心給我。」他爸爸臉上沒有笑容，不過薩迪德知道他是在開玩笑。「不過，我看你最好是自己把它吃完，」爸爸把頭歪向那堆袋子，接著說：「因為你會需要點力氣。」

接下來的一個半小時，薩迪德和他的叔叔阿斯夫一起工作。他們先把倉庫裡的貨搬到距離門口最近的地方，然後把剛到的這批貨從倉庫最裡面開始堆起。他們必須先賣掉舊貨，才能開始賣新的，這樣穀物才不會壞掉。

工作的時候，薩迪德還是想著雅米拉的信，還有那個攀在牆上的蜘蛛女。他想起，雅米拉並沒有回答這個女生問的有關山的事。而且，雅米拉也沒有把他們的家庭狀況講得很清楚。「要是我來寫的話，一定比較有趣。」他一邊想，一邊把二十公斤重的麵粉袋扛到貨物堆的最高處。「不過，管他的。」他決定別再想寫信的事。

隔天早上不到七點，薩迪德就跟他的老師在學校大門見了面。他把雅米拉的信交給老師。

信封還沒有封起來，馬哈默老師問：「我可以看一下嗎？」

薩迪德說：「當然可以。」

馬哈默把信紙抽出來，讓信紙照到陽光。他很快的讀完，笑著說：「寫得很好。謝謝你，薩迪德。」

「不客氣。」他把身體的重量移到另一隻腳上。

老師說：「還有什麼事嗎？」

薩迪德從筆記本裡抽出一些紙，「我……我昨天晚上重寫了雅米拉的回信，因為有些問題雅米拉忘記回答了。所以，其實這封是我寫的。」

馬哈默接過這張紙，讀了起來。他又笑了。「這封寫得更好。真的很好。雅米拉喜歡你這樣寫嗎？」

「她喜歡前面那一封。她沒有看過改過的這一封。」

「那麼，為什麼這一封上面也有她的簽名？」

薩迪德聳聳肩，說：「我叫她簽，她就簽了。兩封都簽。」他停了一下，問：「那麼……該寄哪一封去美國？」

薩迪德其實已經知道答案了。他之前聽到馬哈默和村裡的長老們討論這件事時，老師說過：「我們可以接受次等的寫作、次等的拼音、次等的文法嗎？」

可是馬哈默卻說：「我想應該寄第一封，雅米拉那一封。不過，兩封信都留給我吧，可以嗎？不管是寄哪一封，大約在晚餐時間，從我們村子寄出的信就會在去美國的路上了。現在，我們進去上課吧。」

喀布爾城外的山丘上，星期四的早晨，學校的一天開始了。

8 領地

十一天之後，在阿富汗西方一萬一千兩百多公里外，艾比・卡森跳下校車，走過長長的車道，進入一棟舊農舍的後門。這個地方，她從出生就一直住到現在。

「嗨，」她喊著：「我回來了。」

沒有人答話。嗯，正合她意。

沒人回答就表示她爸媽都還沒下班回家。現在是三月底的星期一下午，陽光普照，功課又很少，一小時之內就可以做完。於是她把書包丟在門口，脫掉上學穿的運動鞋，換成登山鞋，抓起她的綠色背包，往樹林走去。

綠色背包裡有手電筒、打火機、羅盤、袖珍小刀、摺疊鋸子、小斧頭、幾條耐用的童軍繩、一綑長長的尼龍繩、一公升水、一張毯子、一件塑膠雨衣、鉛筆、筆記本，還有十幾包點心棒。艾比直直向北方走，踏過一片枯黃的草地。當她步上一條灌木糾結盤繞的小徑時，她往背包裡摸，掏出她這時候最想要的東西：一包葡萄乾點心棒，開始大嚼起來。

才走不到三分鐘，人為的景觀已經消失，現在，只有她獨自一人在樹林裡。不過，正確說來，這裡還算是她家的後院，因為她家的土地有二十七公頃大。住屋、院子、農舍和牧草地大約佔地三公頃，另外還有十六公頃的農地，剩下的就是樹林。

艾比的媽媽負責打理房子。這個安排很合理，因為她媽媽就是在這棟房子裡長大的。艾比的外公外婆退休之後搬到亞利桑那州，艾比的爸媽就決定留下來繼續經營這片家庭農場。

艾比的爸爸負責照顧農田，不過，也不完全是這樣啦。住在兩公里外的布蘭·柯林斯是實際操作農務的人，爸爸只有在玉米或黃豆的價格不錯的時候，幫忙他一下。

艾比的哥哥湯姆選擇那棟農舍和一小片牧草地當作他的領地。他在乾草棚裡設了一個聚會場所。他還養了羊，曾送去參加四健會❷舉辦的州際展覽會；不過自從上了高中以後，他對電腦的興趣遠遠

---

❷四健會（4-H）是美國農業部成立的農村青少年組織，「四健」分別對應英文的四個H字母，代表健全的頭腦（Head）、健全的心胸（Heart）、健全的雙手（Hands）、健全的身體（Health）。四健會在全美各地均有分支，臺灣也有「中華民國四健會」。

高過於牲口。

至於艾比，她滿八歲時就決定把樹林當作她的領地。她很確定這樣的分配對她來說最划算。七公頃多的樹林，每一寸她都走過。從最北邊的小溪到最東邊的道路，以及西邊的圍籬；哪個地方長了有刺的灌木叢、哪條藤蔓夠粗可以爬、哪一區的橡樹是有毒的，她都清清楚楚。她知道哪裡可以找到黃樟樹苗、哪裡可以採到野生黑莓、哪裡可以抓到紅腹泥蛇。她知道兔子把窩築在哪裡，也知道浣熊會在哪些樹底下的洞穴裡冬眠。她甚至還知道，春天的下午，貓頭鷹會在哪棵松樹上睡覺。

今天，她的目的地是新蓋的樹屋。這可不是一般的樹屋，因為那棵大橡樹已經倒下來了。這棵大樹本來有二十四公尺高，樹幹直徑將近一公尺。去年七月的一場狂風把這棵樹連根拔起，樹根附近的土地被掀出一個五公尺寬的大洞，露出來的樹根大約有兩公尺長。由於大樹的分枝眾多，倒下時在地面撐住整棵樹，所以它並沒有平躺在地面上，而是向地面傾斜大約二十度，有點像船觸礁那樣。艾比把最粗的那根樹枝當作梯子，順著樹枝爬上樹幹，就好像沿著跳板走進一團糾結的樹枝中。

艾比蓋的樹屋有點像堡壘，又不太像。她已經剪斷幾根樹枝，每根大概都有三公尺長。她把這些樹枝聚攏在一起，做成一個不太平坦的平臺，鋪在樹頂層的主幹上。平臺的一邊，豎起一排比較細的樹枝，綁在架好的橫木上，這樣就形成一個簡單的靠背。開口面向東方，背向西方，因為風都從西邊吹來。另外再用一些有葉子的樹枝來蓋屋頂，可以稍微遮雨擋雪。她又從附近的鐵杉樹上摘下常春藤，盤繞成軟軟的、有彈性的坐墊。

雖然這個地方看起來比較像大猩猩的窩，而不像是樹屋，可是它離地有六公尺高，而且從地面上看不見它。去年九月之後，這棵大樹的樹葉已經開始枯黃，經過整個秋天和冬天都還沒掉落，所以這棵樹還是提供了天然的遮蔽。艾比打算在夏天的時候，好好的把這個祕密基地整修一番。

去年十月，艾比開始自己動手做弓箭。她在網路上找到「美國陸軍野外生存技能手冊」的網頁，然後把整份資料都下載到家裡的電腦，跟著步驟一步一步做。她找到一株枯掉的橡樹苗，用小斧頭慢慢砍修成形，綁上降落傘專用的尼龍繩，做成一個很堅固的弓。整個夏天，她只要一找到又長又直的樹枝，就自己動手，把它做成箭，已經累積了不少數量。

用弓箭打獵必須在地面上跑來跑去，所以她把弓和箭都用塑膠布包起來，藏在大橡樹下半部的樹葉底下，而不是放在樹屋裡，因為那裡太高了。今天，她準備練習射擊。她想像自己箭術精準，可以射到一隻兔子，不過，她也知道自己可能必須不吃不喝、不眠不休的練習，才能到達那種境界。

走著走著，才剛看到那棵大橡樹，口袋裡的手機就在震動了。是誰打來的？不用看也知道。

「嗨，爸。」

「嗨，寶貝。我本來應該在這時候到家的，可是突然有事情要忙，你媽媽今天又必須到五點半才能下班。你還好嗎？」

「當然啊，我很好。」

「好，我只是想……」

這時候，艾比頭上突然傳來一聲尖銳的鳥叫。是一隻烏鴉。

她爸爸說：「你不在屋子裡？」

「對。可是我……」

「艾比，我不想聽。你現在馬上回去，回家做功課。」

「爸，我才剛到這裡耶。我真的需要到野外呼吸一下。你不是也常說新鮮空氣有益健康嗎？我一小時之內就會回去，我保證，而且今天的家庭作業很少。」

「今天的作業比你以為的還要多。」

「什麼？什麼意思？」

「今天早上有你的信，就放在廚房的桌上。你可能根本沒有注意到吧？是你筆友寄來的。」

「哇，酷！」

「是很『酷』沒錯，不過今天晚上你得寫一封回信。你要花些時間好好的寫，所以我要你現在就回家。」

「再待半個鐘頭就好了，拜託啦！」

電話那一頭停頓了幾秒。「那就在三十分鐘之內回到屋子裡，可以嗎？」

「三十分鐘。」艾比說。

「你保證？」

「是的，我保證。」

「好。等會兒見，寶貝。」

「再見，爸。」

艾比一邊微笑，一邊把手機放回口袋。她贏了，爭取到三十分鐘，可以徜徉在她的樹林裡。

不過呢，八分鐘之後，她就回到廚房裡了。

反正樹林又沒有長腳，跑不掉的，更何況她已經在那個地方待了好幾百次。

但是她長這麼大，從來都沒有收過任何一封從地球另一端、某座山裡寄來的信啊。

9 美國的艾比

艾比站在廚房的桌子旁，手裡握著一封信，信封上寫著她的名字和地址。她看著航空郵票上那些奇怪的文字。

她一開始是直接把信封撕開，撕了一會兒就停手了。她找來一把小刀，小心的沿著信封上緣慢慢裁開，這樣才不會撕到信封正面的郵票。

她坐在高腳凳上，把信紙抽出來，打開，讀了起來：

美國的艾比：

我的名字叫做雅米拉·巴葉。我今年十歲，讀四年級，我們學校在潘傑希爾省。我住的村子叫做巴罕蘭，大約在我們的首都喀布爾北方一百二十公里的地方。雖然這個距離不是很遠，但是開車要五、六個小時才會到，因為路況很差。我從來沒去過喀布爾，但是我爸爸和阿斯夫叔叔曾去過好幾次。

你問我們這裡有沒有山，答案是：有。從我們村子看出去，不管往哪個方向都看得到山。在這個季節，晚上還可以聽到冰和雪從最陡的山坡上滑下來，撞擊到山谷的聲音。求神庇佑走在那條路上的人。

我們是一個四口之家。我媽媽在家裡工作，也在一間小縫紉廠上班，那裡還有另外五個女人。我爸爸和叔叔有一間店鋪，賣些麵粉、米，以及其他穀物和雜糧。我有一個哥哥，他叫薩迪德，他讀六年級，是個優秀的學生，總是班上的第一名。他也很強壯，喜歡讀書和畫圖。老師說他有寫詩的天份，不過他一點也不自大，是個好人。還有，他是個放風箏的高手，曾經贏過好幾次鬥風箏比賽。

我看到你的照片，照片中你正在一個房子裡爬一面牆。這是你常常做的事嗎？為什麼？

我們沒有照相機，所以我沒辦法寄照片給你。不過，我請我哥哥畫了幾張圖。你喜歡畫圖嗎？你家裡有很多書嗎？我知道美國是個非常富裕的國家。我們家裡現在只有一本書，那是一本小說，是我哥哥從我們老師那裡借來的。

我平時書寫是用達里語，可是我正在學英文。我哥哥說，有一天我會成為一個英文高手，就像他一樣。

在我們村莊裡，不是每個女孩都能上學。我喜歡讀書，喜歡學習，我很高興我父親願意讓我讀書。我希望將來有一天能上大學，然後當老師。我們的國家很需要老師，我覺得我可以當一個好老師。

你寫來的信裡提到，你聽說我們國家有很多戰爭。這是真的。可是在我們住的這個村莊，最近半年以來，已經沒有槍戰或是炸彈了。這樣很好。在戰爭最激烈的時候，我還是個嬰兒，可是我哥哥薩迪德還記得炸彈爆炸的聲音、槍戰的聲音，還有許多尖叫聲。他還記得，在我們家對面的那棟房子被火箭炮炸掉了。他也記得，那一家的老奶奶坐在路上，整整哭了兩天兩夜。不過，這一切都過去了。現在，這裡已經變得比較平靜安全了。

下面這首詩是我哥哥寫的。用英文讀起來會有點怪，可是我喜歡這首詩。他說，我可以把它寄給你。

風箏上，我畫了兩隻
眼睛
風箏高飛，我看見
山之外
我看見海洋，我想坐在
沙灘上
我想聽聽海浪、看看船
現在，我收回風箏

回到地上

我必須停筆了，不過，一想到遠方有個人會握著這張信紙，我就很高興。在你讀信的時候，我們共有的陽光將會閃耀在這些字上。

在此祝你和你的家人平安快樂。求神保佑。

你的阿富汗朋友

雅米拉・巴葉

艾比手握著信，坐在椅子上一動也不動，持續了一分多鐘。這並不是因為她從來沒有收過信。她收過，像是祖父母寄來的生日卡片、牙醫寄來的提醒信，還有每個月都會收到本地四健會寄來的通訊。可是這封信呢？這是個生活在戰火下的女孩寄來的，她家對面的房子被火箭炮炸掉，晚上還會聽到山裡雪崩的回聲。對艾比來說，這是個全新的體驗。

艾比可以想像得到，這個女孩是多麼認真的在寫這封信。每個字母都像是藝術家畫出來的，而不像是一個孩子寫的。整封信沒有一個字塗改過，沒有橡皮擦的痕跡，沒有錯誤的拼字——至少艾比看不出來啦。雅米拉甚至連「首都」這個字也拼得很正確。

艾比也很驚訝，一個十歲女孩用外國文字寫信，竟然能夠表達得這麼好。艾比自己會一兩句西班牙文，例如「buenos dias」（早安）、「manana」（明天），她也會說法文的「bonjour」（早安）、「au revoir」（再見）。就這些了。至於這個雅米拉呢，她一定是個天才。

最厲害的是她哥哥畫的三張圖。那只不過是用鉛筆在打字紙上畫的素描，可是畫得非常棒。

第一張畫的是這女孩的一家人，每個人物上面都寫了名字。媽媽叫娜吉雅，肩膀窄窄的，有點駝背，可是看起來很有精神、很優雅。她的兩隻手臂放在胸前微微交叉，姿態放鬆，整個頭包括嘴巴和下巴都蒙在頭巾裡。爸爸叫做札基爾，又高又瘦，眼睛是深色的，眉毛濃密；他和善的笑著，露出牙齒，臉上擠出許多皺紋。他穿著一件長袖襯衫及深色的外罩背心，頭上戴著平頂的無邊帽，蓋住他的半個額頭。女孩雅米拉像她媽媽一樣頭戴圍巾，可是她的臉沒有蒙起來。很甜美的臉蛋，明亮而且坦然，一個溫暖的微笑掛在嘴角。不過，她看起來似乎有點鬥雞眼。再拿近一點看，艾比覺得她好像在流鼻涕。哥哥的名字是薩迪德，他雙手手臂交叉在胸前，站得挺挺的，下巴抬高。他的臉部線條很有力，眼睛直直的看著前方，毫不畏懼，甚至有一點桀傲不馴的味道。他戴的帽子跟爸爸同一款式，身高看起來也幾乎跟爸爸一樣高。

第二張素描叫做「前門外」。這幅圖最前面是兩隻羊在泥土路旁的草地上吃草，有兩個女人在羊後面走著。其中一個女人，穿的是一套從頭頂一直拖到地上的深色衣服，臉孔完全遮住。另一個女人衣服的款式跟雅米拉的媽媽一樣，穿著一件長長的連身裙和厚重的外套，頭巾蒙著臉，只露出眼睛。這個女人用一隻手在身側抱住一個編織籃。在女人前面，有一個小男孩手拿短鞭趕著一頭驢子，驢背上馱了一綑木柴樹枝。路的兩邊是一排低矮的平頂房子，一直延伸到遠處。這看起來和林斯德鎮的那條大街很不一樣。

最後一張素描畫的是山。高低起伏的山頭覆蓋著白雪，層巒疊嶂、高聳入雲；在山腳下的村莊，那些街道及屋頂看起來小得簡直像螞蟻。

艾比重新讀了一遍信，又仔細看了圖畫。她覺得好丟臉，自己竟然寫出那種信寄到阿富汗。她努力回想，自己才花了大概十分鐘寫那封信。可是，她收到的信是這麼的……豐富。這個名叫雅米拉的女孩，一定是花了許多許多時間來回信，何況還有她哥哥畫的這些圖畫。

不過，艾比很快就把丟臉的感覺拋在一邊，代之而起的是她的決心。她做了個決定，下一封信她一定要寫得跟收到的這封信一樣好，甚至更好。

大約下午四點十五分，卡森先生從工作的地方回到家中。他本來以為必須去樹林裡把艾比找回來，沒想到他一走進廚房，就發現女兒正趴在客廳的大桌子上，桌上攤著地圖、紙張和百科全書。艾比正埋頭在筆記本上塗塗寫寫。

「嗨，寶貝，你在做什麼？」

艾比連頭都沒抬。「回信給筆友。現在沒空說話。」

她爸爸笑了，回到廚房去準備晚餐。

10 名人

所有上午班的學生都知道雅米拉收到回信了，那封她的美國筆友寄來的信。現在是四月的某個星期二早上，還有幾分鐘才要開始上課，同學們擠在雅米拉身邊，互相噓對方小聲點，這樣才能安靜的聽雅米拉慢慢朗讀從英文翻譯過來的信。每當她停下來，同學們就央求她繼續讀，並且拼命想擠到前面去看看信封。

但是薩迪德例外。他安靜的坐在第一排他的位子上，手裡握著筆記本和鉛筆。

納基打了他的肩膀一拳，說：「薩迪德，你看過你妹妹的信了嗎？你有看到信封嗎？很大一個信封耶！還有郵票，哇塞，那上面有各式各樣的圖片喔！」

薩迪德哼了一聲。「那種東西是給小孩和傻瓜看的。我還有重要的事情要做，別來煩我。」

納基聳聳肩。「隨你便。不過，總有一天，你的腦袋會從鼻子裡跑出來，因為它想要休息。」他撇下正在用功的薩迪德。

馬哈默老師要全班安靜下來。不過在上課之前，他說：「雅米拉，你可以到前面來說說你寄到美國的信嗎？並且也談一談你剛剛收到的回信。」

雅米拉假裝害羞了一下，不過接著她就走到教室前面。薩迪德從眼角看過去，他看得出她很高興成為眾人矚目的焦點。

「嗯，」她說：「我的美國朋友叫做艾比，她比我大兩歲。她和我一樣，有一個哥哥，還有媽媽和爸爸。她住在美國中部的一個農場裡，那個地方叫做伊利諾州。一開始是她先寄給我一封信，然後我就……」

雅米拉滔滔不絕，所有的同學都在聽，而且伸長了脖子看雅米拉秀出的幾張照片。

不過薩迪德除外。他不聽，也不看。不過，他更努力要自己別生氣，還有，別讓他的感覺在臉上顯露出來。

因為，很明顯的，馬哈默選擇了他寫的那封信寄到美國，而不是雅米拉的信。所以那位美國女孩收到的那封精采的信，根本就跟雅米拉一點關係也沒有，可是現在卻是她站在全班面前，讓大家以為她才是那封信的偉大作者。

儘管他一直忍住，薩迪德還是沒辦法不聽雅米拉在那裡絮絮叨叨的講。

「美國女生跟我們有點不一樣，不過也有些地方一樣。可是，艾比的學校跟我們學校就完全不一樣了，比較大；而且，他們有一個很特別的老師，什麼事都不必做，專門教她們爬牆！」

薩迪德強迫自己不要再聽了。他開始在腦袋裡默背數學公式。三分鐘之後，老師終於要雅米拉坐下來別再說，薩迪德很高興。

不過，一整個早上，只要老師去教高年級學生，雅米拉和她的朋友就低聲談論著那封信。

一整個早上，雅米拉出盡風頭，她享受著每一刻。

薩迪德可就不是了。

11 廬山真面目

在中午下課回到家之後，薩迪德和妹妹說：「那封信應該給我看看。現在你又該回信，而我又要再幫你翻成英文了。」

雅米拉把信藏到背後，「別裝作你不在乎，我的薩迪德哥哥。看你在學校裡裝得好像不把它當一回事的樣子，但是我知道你想看，你等不及要看那個美國女生寫了什麼。」

薩迪德臉一沉，說：「信拿來，不然我就不幫你寫。」

「好啦，」雅米拉笑著說：「既然你這麼想看信，就給你啦。

她很喜歡你畫的圖，也很喜歡你寫的詩喔。」

雅米拉把信交給薩迪德之後，一溜煙跑到門口。「我要去幫媽媽縫衣服了，所以你可以跟你的女朋友單獨在一起啦。」

「不要亂講，」他大聲斥喝：「縫完衣服趕快回來。你必須快點回信，明天要寄出去。」

「噢，別擔心啦，」她說：「我知道，你很想聽聽這次我要跟我的朋友艾比說什麼……是有關我那個浪漫的哥哥喔！」薩迪德還來不及回話，雅米拉就迅速閃到門外。

薩迪德坐在矮床上，把信封拿正。納基說的沒錯，這個信封真的很大，跟筆記本差不多尺寸。郵票很整齊的排列在信封右上角，總共有九張。這一系列的郵票，就像是美國生活的縮影。有一張是米老鼠的笑臉。有一張是某個籃球球員的照片。有一張畫著一隻蹲伏著的獅子。有一張是一隻鹿的剪影，這隻鹿很大，頭上分叉的鹿角看起來非常壯觀。有一張是一隻美麗的昆蟲，牠有兩對翅膀，頭大大的，尾巴又長又細，看起來像直升機。有一張的圖像是一個跳躍的女孩，背景是奧運的五個圈圈。有一張是紐約市著名的克萊斯勒大廈。有一張是向日葵花朵近照，亮黃色的花瓣和深咖啡色的花蕊，形成強烈的對比。在這些郵票正中央的那張，是一面夜色中的美國國旗，背景是一彎月亮。每張郵票都是藝術之作，它們並排在一起，非常有戲劇效果。

薩迪德把手伸進信封裡，拿出三張圖片，是彩色列印的。第一張是潘傑希爾省的圖片，薩迪德曾在電視新聞裡看過，是太空中的衛星往下拍出來的衛星照片。美國女孩在這張圖片最上緣寫著：

「我好喜歡你們的高山！」

第二張圖片，是薩迪德有生以來看過最翠綠、最結實纍纍的玉米田。一個男人站在玉米田裡，玉米莖已經高過他的頭，每一棵都結滿抽穗的玉米。在他身後是片一望無際、一排排綠色與金黃色交錯的田野。她在這張圖片上寫著：「這是去年八月，我爸爸在我家的玉米田前面拍的照片。你知道這裡的地形有多麼平坦嗎？平坦得有夠無聊。」

第三張比前面兩張都來得小，是個長方形圖片，位在這張白紙的正中央。這是一張家庭合照，四個人站在紅磚壁爐前。薩迪德知道，這張圖片是呼應他寄去的家庭人物素描。

這女孩也在她家每個人的照片上方寫了名字。他爸爸叫做羅伯·卡森，穿著白色襯衫，領口打開，配上深藍色的西裝外套和棕黃色長褲。他的眼睛是咖啡色的，戴著金邊眼鏡，額頭很高，頭髮是深咖啡色。他跟他的家人在一起，看起來很高興。

媽媽叫做瓊安．卡森，她幾乎跟她先生一樣高。她的頭髮偏金黃色，眼睛是藍色，對著鏡頭展現自信的笑容，嘴唇上塗了紅色唇膏。她穿著一件淺綠色外套，裡面是白襯衫，長褲跟外套的顏色一樣。薩迪德只有一次看過女生穿長褲，那是一位聯合國的救援工作者，她大約一年前來到他們村子裡。

哥哥叫做湯姆．卡森，他笑容滿面的站在媽媽旁邊，好像剛剛才說完一個笑話似的。他長得像媽媽，比較不像爸爸，頭髮是有點紅的金黃色，藍眼睛，鼻子和臉頰上有許多雀斑。他穿著白襯衫和深色長褲，肩膀很寬，手很大，這個體型看起來好像也在農場裡幹過活。

照片最右邊的就是艾比．卡森。她穿著白襯衫，襯衫塞進淺藍色裙子裡，腳上的襪子長到膝蓋。她比哥哥瘦很多，臉比較小，肩膀也比較窄。她看起來似乎很高，大概跟薩迪德一樣高。這次她不像第一封信裡附的那張照片那樣攀在牆上，在這一張照片上，她的臉正對著鏡頭。她深咖啡色的眼睛像爸爸，但是頭髮顏色不像爸爸那麼深，也不像媽媽那麼淺。她在微笑，可是看起來好像有點煩，不太開心，並沒有露出牙齒，好像正急著要去做什麼事似的。她的手臂垂放在身體兩側，雙手握拳。

這封信跟第一封完全不一樣。首先是信紙不一樣，這一封用的是光滑柔白、厚實的紙張，字跡也容易讀得多，因為是用藍色原子筆寫的。這一次，每個字都寫得很用心。

再仔細一點看，薩迪德就更驚訝了。信裡開頭第一行，她用阿拉伯字母寫了一個字，雖然不是寫得很棒，但是可以認得出來：

سلام

這個字唸做「ㄙㄚ——ㄌㄚ——ㄇ」，達里語的意思就是「你好」。

「真不錯，」薩迪德心想：「也許這個女孩並不是個傻瓜。」

這封信不太長，只把一張信紙的正面和背面寫滿而已。但是，跟上一封比較起來，就像是完全不同的人寫的。

首先，謝謝你的回信，很有趣。你的外語這麼好，真是值得驕傲。我也很喜歡你寄來的圖，畫得真棒！我簡直等不及要秀給我們班上的同學看了。

詩也很好。我自己不會寫詩，不過我記得繪本裡的一首詩，是小時候我媽媽在床邊唸給我聽的。

雨，四處灑落，
灑在田野和樹梢；
落在這把傘上，
也打溼了海上的船舶。

不錯的詩，對不對？作者是羅伯・路易斯・史蒂文生。他也寫了不少冒險故事，可是我沒讀過。我的閱讀能力還可以，但是我坐不住，我喜歡去野外。我家後院的樹林裡有一棵被風吹倒的大樹，我在那裡蓋了一個新的祕密基地。下次我再用手機把它拍下來，寄去給你看。

我想像不出你住的地方是什麼樣子，不過你的素描幫了不少忙，我也從網路上找了不少你們國家的圖片。現在只要電視新聞說到有關阿富汗的新聞，我都會注意看。目前還是有不少槍戰和轟炸發生，不過，還好，你住的村子已經平靜了很長一段時間，希望以後還是這樣。不只是你住的地方，我希望世界上每個地方都是這樣。下面這個字是你們平常用的文字，我最近正在學著寫：

صلح

我真的很喜歡這個文字的形狀，看起來比英文的peace（和平）有趣多了。

你問到關於我寄去的那張照片，那是我在一面攀岩牆上，這種牆壁專門用來訓練攀岩。它是在我們學校的體育館裡面。我每天上午都有一節體育課，其中有幾堂課上的就是攀岩。我們體育老師說我很會爬，因為我很有力氣，而且體重不重。我很喜歡攀岩，因為要爬得很完美是很困難的。可是，我好希望這附近有高山，這樣我就可以爬在真正的岩石上。你爬過山嗎？或者你的朋友爬過嗎？我跟你提過，我們伊利諾州這裡的地形平坦到不行，實在是無聊透了。

現在我必須去做功課了。今年接下來的日子，如果我不認真寫作業或考試，我就不能升上七年級了。我知道我很糟糕啦，可是現在有比較好了喔。你真的很棒，喜歡讀書，是個好學生。保持下去！

對了，我想起來我要問你什麼了。你有養寵物嗎？我想要養貓，可是我爸爸不喜歡家裡有動物。不過我們的農舍裡大約有六隻貓，所以這樣也還不錯啦。還有，你最喜歡什麼顏色？我最喜歡的是綠色。

還有，你的頭髮是什麼顏色的呢？我九歲以前都是留長頭髮，我媽媽會幫我綁成辮子盤在頭上，像皇冠一樣。你的頭髮是短的還是長的？你綁過辮子嗎？你一直都戴頭巾嗎？在家裡也要戴著嗎？

期待你的回信。

你的朋友

艾比

薩迪德坐在那裡看著這個女孩和她家人的合照，不禁有一股奇怪的感覺。他用這種方式跟遠方的人交朋友，這些人看起來像是住在月球上，或是住在另一個宇宙裡。

他凝視著艾比的臉，試著把剛才讀到的字句跟照片裡這個直望著他的女孩連在一起。在這一瞬間，這個名叫艾比．卡森的女孩，好像活生生出現在他眼前；一個聰明伶俐、喜歡戶外活動、會注意到大自然與文字之美的女孩，還有，她最喜歡的顏色是綠色。

突然間，薩迪德很震驚。因為他已經了解這個女孩這麼多的事，了解到超過他這輩子所認識的任何女生，包括自己的妹妹。

他抬起頭來，嚇了一跳，因為雅米拉就站在他面前。她無聲的溜回家中，就站在他前面幾步而已。

她不懷好意的笑一笑，一邊的眉毛還挑了起來。

「你看什麼看？」他脫口而出。

「喔……」她說：「你喜歡她，對不對？」

「別傻了，我根本不認識她。」薩迪德伸手去拿筆記本，順便把雅米拉推到他身邊的位子上坐著。「不要呆呆站在那裡，坐下來告訴我你想寫什麼。快點。」

這一次，雅米拉沒花多少時間就口述完畢。她並沒有拿他哥哥來開玩笑，也沒有多說什麼關於薩迪德的事。她很會看他哥哥的臉色，她知道那樣做的話，一定會被罵得很慘。她一邊說，薩迪德一邊寫，十五分鐘之內就解決了這件事。

接著，雅米拉回去幫媽媽的忙，薩迪德把筆記本放下，趕去爸爸的店裡工作。

隔天早上到了學校，薩迪德去找老師。每天早上，老師都會站在教室門口看著外面，制止玩得太激烈的學生，還有防止高年級欺負低年級。

「老師，早。」

馬哈默微笑著說：「早。你跟你妹妹把回信寫好了嗎？」

「嗯，還沒有，」薩迪德說：「還沒有完全寫好。不過我今天中午回家之後就可以完成。如果您覺得可以的話，下午我去我爸爸的店裡工作時，可以順路把信帶去市場，然後交給公車司機。這樣您就可以省下走路過去的時間。或者，我就把信帶來學校，您再拿到市場去。」

薩迪德覺得他說得太快了，一口氣說了那麼多話。馬哈默瞇起眼睛，稍微皺了一下眉頭。薩迪德幾乎快不能呼吸了。他希望剛剛所講的事聽起來很正常，而且很自然。還好，不一會兒，老師又恢復微笑，薩迪德就放心了。

馬哈默說：「不，你拿去給司機就好了，那樣沒問題的。」他把手伸進背心口袋，掏出一張皺皺的阿富汗鈔票，「拿給司機，算是我們麻煩他的補償。」

薩迪德拿了鈔票，點點頭，很快的跑回他朋友那邊。他們正在學校操場上踢足球，而操場上到處都還有積雪呢。

那天下午大約三點半，一輛天藍色的公車轟隆轟隆、搖搖晃晃的開進市場。薩迪德依約在公車站等著。這輛公車車身外的每一寸都貼滿了閃亮的鋁罐，所以整臺車看起來是銀色而不是藍色的。車上至少載了十五個人、四頭羊、一籠雞、三個備胎，此外還有數不清的行李跟包裹，這些全都擠在車頂上，車頂周圍有一圈低低的鐵欄杆圍起來。

車裡的乘客從前門和後門魚貫下車，車頂上的人和貨物也下來了。等要搭車的乘客買好票上車，或是被人幫忙拉上車頂之後，薩迪德才登上車門階梯，恭敬的對司機鞠個躬，然後把信和鈔票遞出去，說：「這是我的老師馬哈默要寄的信。」

司機微笑著點點頭。「噢，對，馬哈默。很好。今天晚上我會在喀布爾把信寄出去。」

接著，薩迪德從背心的口袋掏出一樣東西，說：「這是我要寄的。」他把另一封信和另一張鈔票交給司機。「也從喀布爾寄出去，好嗎？」

司機聳聳肩，說：「沒問題！」

薩迪德又鞠了一個躬，說：「謝謝。」然後馬上衝下車，轉身往市場去了。

他爸爸店裡的客人川流不息，整個下午，薩迪德都在忙著秤穀物和麵粉。

可是，他心裡一直響起公車司機拿了第二封信時所說的那句「沒問題」。

薩迪德希望一切真的沒問題。

隨著時間過去，的確，果然真的「沒問題」。

不過，一週之後，或是兩週之後呢？

那可就說不定了。

12 公告周知

筆友計畫裡，總共有四點必須做到，其中第三點寫得很清楚：

第三，把你寫的信影印一份，連同你收到的信，一起展示在教室的布告欄。要常常更新展示內容，一有回信就要貼出來。

自從艾比拿到阿富汗那所學校的地址，貝克蘭老師就把教室後面那片布告欄清理出一小塊空間。

於是隔天艾比就用教室裡的電腦打好一個標題，每個字有五公分那麼寬。她把標題釘在布告欄上：

我的阿富汗筆友

接著，她又從網路下載了一張中亞地圖，印出來，釘在標題下面。在地圖上喀布爾的北方，她用一個紅色圖釘標示出來。她還在網路上找到阿富汗國旗，去美術教室用彩色印表機印出來。她把這面國旗印得超大，希望可以填滿布告欄的許多空白。

在她寄出第一封信之前，就已經先去圖書館把信影印了一份。這第一封信也釘在布告欄上了。剛開始的第一週，這片布告欄看起來很不起眼：有一個很大的標題、一張烏漆麻黑的地圖、一張超級

我的阿富汗筆友

大的黑紅綠三色國旗，下面是一張小不隆咚的紙條。沒什麼人注意到這個計畫，而且，沒有一個同學在乎這件事。

接著，她收到第一封回信。隔天早上導師時間時，她印好一份雅米拉的回信貼在布告欄上。回信釘好之後，她又影印了阿富汗女孩的哥哥所畫的圖，一併貼上去。

這個時候才有人注意到這片布告欄，大約有三、四個人圍過來看她在做什麼，都是女生。

艾比的朋友曼麗說：「這些圖是你的筆友畫的嗎？是她自己畫的嗎？」

「不是，」艾比一邊用圖釘把紙張固定住，一邊說：「是她哥哥畫的。」

曼麗向前靠近，看著那張家庭人物素描。「她哥哥就是站在最旁邊的那個嗎？」

艾比點點頭。「對，他叫薩迪德。」

曼麗說：「哇，他很帥耶，你不覺得嗎？」

艾比聳聳肩說：「嗯，大概吧。」

麥肯娜大大的吸了一口氣。「嘿，你有沒有看到她信裡寫的，火箭炮炸死人那一段？就在她家對面耶！」

她這麼一說，馬上有幾個男生從位子上站了起來，艾比的布告欄前瞬間多了十幾個同學在那裡圍觀。

「那你回信了沒？」曼麗問：「你不是要把回信貼出來嗎？」

「我寫了啊，」艾比說：「可是，我還沒寫完……所以不能貼出來啦。」

這不完全是真的。

其實，前一天晚上，艾比已經把她的回信和她準備的三張圖片影印好。還有信封，上面貼了她用心挑選的好幾張郵票，她也拿去彩色影印了。

但是有這麼多人過來圍觀，讓她覺得很不好意思。因為，她寫回信給雅米拉的時候，不知不覺的全心投入，寫了很多她本來不會寫的事。如果當時她有想到這封信得公布在教室後面讓大家看的話，她就不會那樣寫了。

她拉著曼麗回到座位。「來啦，」她說：「給你看看。」艾比把她寫的回信拿給曼麗。

曼麗看完信之後，艾比說：「我不想把這個貼在公布欄，大家都會看到的。」

曼麗翻了個白眼，說：「為什麼？又沒關係。」

「你不覺得這太……太私密了嗎？我是說，我可能會被留級的那些事？」

「反正幾乎每個人都知道了啊。」曼麗說。

艾比的下巴都快掉下來了。「什麼？他們怎麼知道？」

「當然知道啊。這又不像考試成績必須保密。你想想看，你現在在每一項作業都有做，但是又進行這個什麼額外加分計畫，這不就洩漏天機了嗎？而且，很多同學都會在網路上貼網誌或聊天，你這個布告欄貼出來的東西根本沒什麼。他們聊的比這個多太多了。」

「但那至少不是在聊我啊。」艾比又說。

「哎呀，沒差啦，」曼麗說：「不管怎樣，貼在布告欄沒什麼好擔心的。你不是被規定必須這麼做嗎？這是為了你的成績呀。」

「是沒錯啦……」

「所以，去做就對了，」曼麗說：「熬過去就好了。」

於是，艾比就這麼做了。她走到教室後面，先貼信封影本，然後是信的影本，最後貼上三張圖片。

曼麗說的沒錯。

沒有人取笑她，沒有人說什麼。幾分鐘之後，潔兒還走到艾比的座位旁跟她說：「信寫得很好喔，艾比。」

所以筆友計畫裡提到信要公布這一項，艾比覺得比較放心了。她決定之後要這樣處理：不管信裡寫些什麼，貼出去就是了。回信給雅米拉的時候，她可以想寫什麼就寫什麼。直接把信貼出去，讓全世界都看到好了。

畢竟，她沒有什麼事要隱瞞大家。什麼也沒有。

可是，僅僅一週之後，艾比卻得重新思考她的隱私原則。

這不是因為她收到雅米拉的最新回信。雅米拉的信很普通，寫的都是學校裡的事，寫她怎樣跟朋友分享艾比的信件內容，寫她為什麼沒有養寵物，還有她為什麼等不及春天和夏天的來臨。還有，為什麼她這輩子都沒想過要去爬山。雅米拉寫的事情，沒有一件是敏感話題，沒有一件牽涉到隱私。

不過，收到那封信的同一天，她還收到另一封信，也是從阿富汗寄來的。就是這第二封信，讓一切都不一樣了。

13 一座小山

那天是星期四，艾比下午放學回家，在廚房桌上看到兩封阿富汗寄來的信，兩封都是寄給她，兩個信封上的筆跡她都認得。她覺得很奇怪，為什麼會同一天收到雅米拉的兩封信？

於是她打開其中一封。是雅米拉寫的，內容很單純，都是無關緊要的話。沒有照片、沒有詩，也沒有圖畫。整封信平淡無奇，甚至可以說有點乏味，好像沒有汽泡的汽水一樣。

她拿起第二個信封，打了個呵欠。今天上了一整天的課，而且一如往常有一大堆家庭作業，再加上有兩封信要回，她心想：「好吧，至少多貼一封信可以充一充版面，這樣就可以趕快把這個計畫結束掉了。」

所以，她撕開第二封信，抽出信紙，讀了起來。

雅米拉的美國朋友艾比：

我是薩迪德，雅米拉的哥哥。我寫信給你是因為，我要把真相告訴你。真相就是，寫信給你的人並不是雅米拉，信不是她一個人寫的，而是我幫她寫的。她把她要寫的內容說給我聽，我用達里語記下來，然後我再用英文寫給你。我寫完後，她才簽上名字。我還要告訴你的是，我在雅米拉的話裡加了一些內容之後才寄給你，所以，其實是我們兩個一起寫信給你。

另外，寄給你的第一封信，我寫的比我妹妹說的多，不過你這次收到的另一封除外。那封幾乎都是照她講的來寫，因為這一次我知道我會自己另外寫封信給你，簽上我自己的名字，這樣我就不必在雅米拉的信裡增添內容。

我們村子是很「保守」的。這個詞，就我所知，它的意思是指大家都照著傳統來做事，照著古老的方法，尤其是宗教的規定來做。而決定我們村子裡各種事務的那些男人，他們認為我這個年紀的男孩子不應該寫信給你這個年紀的女孩子。所以，你的第一封信寄到我們學校的時候，我的老師就把回信的工作指派給雅米拉，因為這樣才符合規矩。

可是，我也被指派了工作，我要負責確認我妹妹回信內容的水準。如果由她自己來回信的話，內容一定會很糟糕，或者是很難讀懂，這樣你會以為我們這裡的學生連信都寫不好，可是我們並不是這樣。雅米拉真的還滿聰明的，但是，英文對她來說很難，對我來說也是，只不過我學的時間比她久，我也比她用功。在我們學校，英文的說與寫這一項，我是成績最好的學生。這不是在炫耀，只是想解釋清楚。我想，我的英文會比較好，大部分是從閱讀裡學來的。

你看過《青蛙與蟾蜍》這本書嗎？這是本小書，是老師剛開始借我看的美國書其中一本。這本書的內容很簡單，可是裡面說到朋友之間要互相容忍，說的很對。我有個朋友叫做納基，我真的常常必須忍受他。他就是蟾蜍，而我比較像青蛙。我還想看很多很多英文書，可是我的老師只有一小箱英文書，我幾乎快看完了。

我還想告訴你，我喜歡上一封信裡你的一些想法。我覺得，你學著寫達里語實在是太好了！雅米拉也很喜歡，可是她忘記說了，所以沒寫進她的回信裡。還有，你喜歡去戶外，這也很有趣。我也喜歡戶外，不過，太冷的時候例外，太熱也不行。

至於你所熱愛的攀岩，我卻與你有不同的感受。我叔叔曾經受雇於幾位英國人，他們去爬巴基斯坦境內的一座高山。其中有一個人死於暴風雪，另一個人因為凍得像鐵一樣，最後雙腿被截肢。

我叔叔說，那些登山的人真是瘋了。

我不認為他們瘋了。但是，他們一定跟我們村子裡的男人不一樣。必須賺錢養家、照顧家庭的男人，是不能想著要去爬山的。在我們村子裡，只要不被高山所帶來的冰雪與風暴奪走性命，而且能夠在高山的山影下種植作物、養活牲口，我們就很滿足了。山是很美，可是為了生活，我們必須與它對抗。

我看了你寄來的照片，那片綠色田野我不認為很平坦、很無趣。那片田野足夠養活我們全村的人加上牲畜整整一個冬天。那片田野很美，就像神的微笑。

不過，既然你這麼喜歡我們的高山，我就寄給你一座山，一座小小的山。它其實不過是一粒小石子，但是，如果你把它的尖端朝上，把它拿近細看，你就會看到一座小山。這是我今天在路上撿的。我想，在我撿到它之前，不可能有人碰過它。接著我就把它放進信封裡寄給你，所以，你是世界上第二個摸到這顆石頭的人。

最後，我要說的是，我是偷偷寫信給你的，沒有人知道我寄信給你，所以，請你也不要回信給我。可是，我會留意你寄給雅米拉的信，留意裡面有沒有給我的訊息。

希望你不會覺得我寫信給你是不恰當的。

謹祝你健康、快樂。

薩迪德・巴葉

讀完薩迪德的信，艾比的心臟狂跳。她不知道為什麼，可能是這封信太令她驚訝了吧。不過也可能是因為這封信是個祕密。

她很快又讀了一遍，然後在信封裡找，想找出薩迪德提到的那粒小石子。信封有一些凹痕，一定是某種東西造成的。可是，信封裡什麼也沒有。廚房檯面上也沒有什麼小石子。

她站著不動，腦袋裡倒帶剛剛拆信的畫面。接著她跪下來，雙手著地，眼睛向下看，開始到處搜尋。

帶著泥土的鞋印、鬆糕的碎屑、乾掉的柳橙汁痕跡、一粒乾癟的青豆，還有一些麵粉，都掉在媽媽做餅乾的檯子下。

可是，沒有什麼小石子，連一粒沙子也沒有。

艾比衝到門口放雨衣和鞋子的地方，打開她的綠色背包，拿出手電筒。她回到廚房，關掉天花板上的燈，讓地板暗下來。然後她臉朝下，平趴在地上，左臉頰也貼在地板上，將手電筒打開，放在地上。她用手電筒的光束，慢慢的從左到右掃射。在約五步距離外的餐桌下，她看到一個小小突起物。她跪著往那邊挪動，手電筒繼續照著目標。最後，她用左手大拇指和食指搆到那個東西。

那是一個很小很小的石頭，不到一粒玉米的一半大。

她跪在桌邊，把石頭放在桌子邊緣，看看是不是真的有尖端。

真的有。她把尖端朝上，彎下腰，眼睛跟桌面同一個高度，瞇著眼睛看。看到了！真的是一座小小的山。

她拿起這粒小石子，站起來，走回放信的地方，把小石子放回信封裡搖一搖，看看這它的大小是不是跟信封的破洞吻合。

賓果！完全吻合。

毫無疑問，薩迪德．巴葉是第一個撿起這粒小小石頭的人。他把小石子附在信裡寄出去，越過半個地球，只為了寄給她。

而且，有史以來，只有兩個人碰過這顆興都庫什山的一小部分。第一個人是薩迪德．巴葉；第二個是她，艾比．卡森。

此時此刻，艾比知道她不會把這封信公布在教室後面的布告欄上，絕對不會。這封是私人的信，更何況，薩迪德也要求她不要公開這個祕密。

她打開瓦斯爐旁邊的抽屜，拿出一個塑膠封口袋，把信封、小石頭和薩迪德的信一起放進去，這樣就萬無一失了。

艾比甚至連點心也顧不得吃，就跑到樓上她的房間裡，坐在桌邊，把昨晚寫作業時用的字典和生字練習簿推到一旁，抓起一枝原子筆和一張白紙。

她拿著筆，筆尖落在白紙上，正要開始寫的時候，卻停住了。她往後靠在椅背上，看著桌子前方牆壁上的軟木板，從阿富汗寄來的第一封回信裡所附的那幾張鉛筆素描就釘在那裡。她看著那張家庭人物素描，那個站在最右邊的男生，雙臂交叉，眼神裡散發著自信。艾比忍不住微笑了。

她往下看著桌上的白紙，寫下日期。在日期下面，她寫著：「親愛的雅米拉：」就像之前寫的信一樣，而且，她心裡想著，等一下信封上寫的也會是雅米拉的名字，就像之前一樣。

可是她知道，這一次，信的內容不只是寫給那個女孩，還要寫給那個女孩的哥哥，薩迪德。

才寫了第一句話，她就了解到，她必須寫出兩封信，一封寄到阿富汗，另一封要用來公布在教室布告欄上。只有這樣，她才不會覺得不好意思。

14 連接線

四月一天一天的過去了。薩迪德愈來愈後悔當初把他私下寫的那封信交給公車司機。如果還能把信收回，他一定會想辦法拿回來。可是事情做都做了，現在只能等，等著看會發生什麼事。

那麼，為什麼他要寫那封信呢？薩迪德知道原因，可是他不想面對它。主要原因是什麼呢？是出於自信，還有虛榮心。他希望那個美國女孩知道，他才是那些信件的作者，那些信大部分都是出自他——薩迪德．巴葉的手筆。他不希望明明是他的英文很流利，而且具有高超的寫作能力，但功勞卻都歸給雅米拉。

另一個理由呢？坦白說，因為私下寫信是有點危險的事，幾乎犯了禁忌。還有，這也是一種新潮、跟得上時代的舉動。就算村子裡的長老因此而不給他去喀布爾深造的獎學金，他還是可以自己跟巴罕蘭村以外的廣大世界聯繫。

「何況，」他說服自己，「難道我的老師不希望我獨立嗎？難道他不希望我跟得上時代嗎？一開始就是他主張要由我寫信給美國女生的呀！我知道他曾經那樣說過，我親耳聽到他據理力爭的。」

薩迪德也記得，就是馬哈默老師提供給他那些課外讀物，而那些書籍都不在阿富汗教育部所批准的閱讀書單上。薩迪德讀過那些書，他知道老師是冒著風險讓他讀那些書的。薩迪德從來沒有跟別人說他讀過這些書，甚至連納基都不知道。

這些書都是英文書，從英國或美國來的。薩迪德讀過《魯賓遜漂流記》，他很喜歡這本書，即使這個遭遇船隻失事的水手是個基督徒，經常捧讀聖經，可是他是個好人，而且品格高尚。

他還讀過《羅賓漢》，他也很喜歡。即使故事裡的理查國王在十字軍聖戰中親征巴勒斯坦聖地，討伐伊斯蘭教徒。可是，羅賓漢和他的朋友們都是高貴的人；瑪莉安小姐真是美麗又勇敢，而諾丁漢警長則是個不折不扣的大壞蛋。

薩迪德讀過最新潮的書，叫做《手斧男孩》，這是一篇冒險故事，講的是一個男孩如何在野外艱困的環境中求生存。看這本書的時候，薩迪德幾乎快要喘不過氣來了，才讀到一半，他就好希望故事永遠不要結束。

目前他正在讀另一本小說，是一本滿難的書，叫做《小吉姆的追尋》，說的是一個生長在印度的英國男孩，周遊各國當間諜的故事。當時英國統治印度及印度附近的許多國家，還包括阿富汗。

這些書籍跟官方准許供作英文教材的那些書非常不同。「是誰認為這些書對我有好處呢？」薩迪德自問：「就是我的老師呀。因此，我想要自己寫信給地球另一端的人，有什麼不對嗎？當然沒有什麼不對。」

他寄到美國給艾比的信，是一座橋樑，一條連接線。當然，這不像用網路或電話那麼直接，可是，它仍然是一種實在的、確實的聯繫。

所以，星期二早上，馬哈默老師交給雅米拉一封美國的來信，這一次，薩迪德並沒有假裝自己不感興趣。他妹妹打開信的時候，薩迪德舉起手，馬哈默點點頭，薩迪德就站起來說：「我很願意幫忙唸我妹妹的信，這樣班上每個人都可以聽一聽。」

馬哈默微笑著說：「好，請你讀信的時候，直接把英文翻成達里語，這樣每個人都能聽得懂。」

雅米拉把信「啪」一聲交到薩迪德手上，還對他做個鬼臉。

薩迪德走到教室前面，設法讓自己看起來很有自信。可是，要把英文翻譯成他們的口語，而且是在大家面前馬上翻譯，他可從來沒有嘗試過。但不管怎樣，他還是開始了。他用達里語慢慢的、仔細的唸：

親愛的雅米拉：

希望你在巴罕蘭一切都好。謝謝你的來信。我很高興聽到你說，你把我的信分享給學校的同學。我也是喔。在我的班上，我在布告欄上貼了一份我寄去的信，而且把你的回信也貼在上面，因為這是我正在進行的學習計畫的一部分。我們班上有些同學已經注意到這件事了，大部分是因為你寄來的信，還有你寄來的素描圖畫。

我很抱歉，因為我一直寫有關山的事，我一直說山有多棒，如果能爬山有多好。我讀了一些關於登山者的文章，像是有個攀登喜馬拉雅山的英國登山團體，其中一人就是因為暴風雪而喪命，另一個人的腿也被截肢。我現在了解，登山是會出人命的，登山並不是都很好玩，而且絕對不簡單。

可是，我還是喜歡爬高，我就是喜歡那種愈來愈高、可以看得很遠的感覺。我在體育館的攀岩牆上攀爬時，底下會有兩個人幫我拉住安全繩索，免得我摔下去。他們真的在體育課上救過我。唉，我不想再講有關攀爬的事了。

可是我也很喜歡各種不一樣的繩子以及登山裝備。我喜歡打繩結。有一種很厲害的繩結叫做「阿爾卑斯蝴蝶結」，它是在繩子中間做一個圈。這種結很簡單，卻可以救登山者的性命，很酷吧。還有一種結叫做「普魯士結」，可以用來附在另一條繩子上。用兩個普魯士結加上一段繩圈，就可以在一條繩索爬上爬下，樣子有點像一種叫做尺蠖的昆蟲在爬行。還有一種登山專用的金屬扣環，以及很多各式各樣有用的小東西。我好喜歡這些跟攀岩有關的東西。啊，對不起，我又在講登山了。現在真的不講了，我保證。

我住的這個地方，土地很肥沃，只要雨水充足，農作物就會長得很好。我們家的農場主要是種玉米，幾天前才剛剛播種完，因為四月下旬是最適合播種的季節。

有個很聰明的男生，讓我想到我可以寄一些東西給你，所以，我就寄了。

我寄的是一匙伊利諾州的泥土，裝在一個小塑膠袋裡。

薩迪德停下來，伸手往信封裡掏。他拿出那個塑膠袋，把它舉起來。

如果把泥土倒出來，壓平，眼睛靠近看它，這樣就像是看到我們這裡的田地一樣。現在田裡都是像這樣顏色很深的泥土，很平坦，一點都不像你們的山，有朝向天空的山尖。

這些泥土是從我蓋樹屋的那片森林裡弄來的。我的朋友讓我想到，我可以寄一些沒有其他人碰過的東西給你。

我真的很喜歡這個想法，那就是：地球上所有人之中，我是第一個碰到這些泥土的人，而現在，你是第二個。接下來，就是你的家人，或是你班上的同學。

這是一件很有意思的事，我朋友真是聰明，想得到這一點。下次我要謝謝他，如果我們有機會講話的話。不過我們不太講話的，因為他又不是我的男朋友。我沒有男朋友。因為我沒想過……

「薩迪德，」老師突然說：「謝謝你，唸得很好。不過我們現在必須開始上課了。」他過來拿走薩迪德手上的信和信封，還有那一小袋泥土，並且把所有東西都放進背心口袋。

薩迪德很快坐回他第一排的座位，彎下腰，拿起他的筆記本，打開來翻著、看著，假裝很忙的樣子。

薩迪德很高興馬哈默叫他停下來。他可以感覺到自己的臉紅了起來，就像紅石榴果汁那麼紅。

因為從信裡的第一個字開始，他就感覺到艾比是在對他說話、回他的信，每一個重點都回覆了，可是其他人不會知道。這個女孩真的很聰明。

而且，她沒有男朋友。

想到這裡，薩迪德覺得自己的臉更紅了。

開始上課了。薩迪德希望放學後，老師能把信還給雅米拉。因為他等不及要看看接下來的內容。然後，再寫一封回信。

以雅米拉的名義。

15 美國國旗

中午放學時，雅米拉和朋友一起回家。薩迪德跑在前頭，在他的背心口袋裡有艾比的那封回信。那是老師在他離開教室的時候交給他的，但老師當時卻皺著眉頭。薩迪德知道，在明天之前，老師一定會把他叫去談談關於信的事。不過此時，他的口袋裡正裝著他美國朋友捎來的新消息。

薩迪德家住在大馬路的另一端，他並沒有走大馬路回去。他經過村長奧可巴・汗家的大門前，向左轉，沿著高聳的磚牆走。過了村長家之後，只剩零零星星幾棟房子。那裡是一片滿布石頭的土地，稍微隆起之後又斜了下去。他走上熟悉的小徑，再抄一條下坡的捷徑，越過小溪，然後爬上小丘，他家就快到了。

過去一週都是艷陽高照，這使得積雪融了不少，所以這條小徑上沒什麼阻礙物。他開始小跑步，因為他想快點回家，好趕在雅米拉向他要回她的信之前，把信看完。

薩迪德在石子路上一路跑下坡。就在他快到小溪的時候，一個矮壯的男人從一道岩壁後面走出來，擋住他的路。薩迪德還來不及轉身，就被他抓住手臂。

「噢，小子，跑得那麼快。要去哪裡呀？」

他說的是普什圖語❸，這是一種很多阿富汗人都會說的語言。

他的聲音聽起來渾厚低沉，並且他緊緊抓著薩迪德的手臂。他的頭巾纏得幾乎蓋住整個額頭，脖子上的圍巾拉高，蓋住他的下巴跟鼻子，只有眼睛露出來，深色的眸子閃著光，臉頰兩側看得到鬍鬚。他的肩上背著一個大皮袋，薩迪德馬上警覺到，這個袋子大到可以藏得下一支長槍。

他儘量不露出害怕的樣子，腦筋卻動得飛快。他用普什圖語回答：「我剛從奧可巴．汗宅邸出來。他跟我父親札基爾．巴葉有來往。我要去我父親的店裡工作，我已經遲到了，父親在等我。」

「好呀，」他笑著說：「我抓到你，他們一定會很高興。因為我看你跑得這麼快，一定會掉到溪裡，那樣你的脖子可能會折斷，說不定還更嚴重呢。我想這兩位先生一定會要你感謝我，因為我救

❸普什圖語（Pashto）是阿富汗普什圖族所使用的語言，與達里語同為阿富汗的官方語言。

了你的命。怎麼感謝呢？也許是給我一些食物，或是一些錢。」他用另一隻手拍拍薩迪德的口袋，「這是什麼？」

薩迪德還來不及反應，口袋裡的信就被這男人扯了出來。

「啊哈，是一封信，」他笑著說：「滿重的喔。一定很重要。」他把信封轉過來，眼睛閃了一閃。他那緊緊捏著薩迪德手臂的手指頭，就像是金屬捕獸器一般。

他嘴裡喃喃詛咒著，又「呸」了一聲，好像吐痰的聲音。「美國國旗？你跟那些汙染我們土地、殺害我們同胞的美國人有來往？你是他們的間諜嗎？在黑爾曼，有個像你一樣的男孩，因為口袋裡裝著美金，就被吊死了，你知道嗎？我朋友也會這樣對你的。我得帶你去找他們，帶著你和這面旗子！」

「這……這不是我的信，」薩迪德結結巴巴的說：「這是給一個女生的信，你看！」

那個男人瞇著眼睛看信封，薩迪德馬上就知道他看不懂英文，所以他指著收信人的名字，說：「你看，這是寫給一個叫做雅米拉的女孩。」

這個男人點點頭，好像他看得懂一樣。「誰是雅米拉？」

「是一個女孩，」薩迪德說：「這封信是一個沒有人認識的女孩寄來的，是……那個女孩先寫給雅米拉的。寄到學校裡。」

那個男人又「呸」了一聲，然後說：「這村子裡竟然有女孩子去上學，就像那些美國人一樣！真是可恥！」他放開薩迪德的手臂，把信撕了一次、兩次，把碎片丟在地上。

薩迪德像兔子般迅速溜走。那個男人要抓他，他閃開了。他跳過小溪，就在最後一片碎紙片落到地上的時候，他已經跑到山丘的半山腰上。

「好，你跑吧！小子，」那個男人說：「告訴雅米拉和其他女孩，叫她們要好好待在家裡。告訴那個美國女孩，她的信在這裡不受歡迎。」

薩迪德回頭看，那個男人已經消失了。可是不一會兒，他看見那男人的頭巾在岩石之間不時的出現。那人正沿著小溪旁的路徑往山裡走去。

薩迪德確定了那個人的位置，在心裡默默數著。然後他轉身，做了個深呼吸，衝下山，跳過小溪，蹲低身子，撿起每一片碎紙片，抓起那一小袋泥土。他往上一瞧，看到那男人繼續往山上走。

他想喊一些耀武揚威的話，可是馬上又想到最好不要這麼做。

他把所有東西塞進口袋，再度躍過小溪，跑上小斜坡，在這條路上的第一個岔路右轉。三分鐘之後，他回到村子裡；再一分鐘，就回到大馬路上。

這時他的心跳才慢了下來。他嘴巴好乾，喘得很厲害。一個坐在自家門前的老婆婆忍不住問他：「孩子，你要不要喝點水啊？」

薩迪德點點頭，斜倚在老婆婆家的門邊。老婆婆進門去，不久後又出來，手上多了一個藍色大杯子。他接過來喝完，說：「婆婆，謝謝。」然後就繼續趕路回家。

他的思緒紛亂。那個男人的樣子、手臂上被他緊抓過的感覺、他說話的方式，還有，他這麼的恨美國。他不是這個村子裡的人，薩迪德很了解這一點。

薩迪德也很氣自己，竟然用妹妹的名字當擋箭牌來躲過危險。

「我應該告訴那個男人說，雅米拉跟別人一樣有權利上學。我應該踢他、揍他，像一隻豹那樣跟他對打。我應該把他推到小溪裡，壓在他身上，用他的頭巾把他綁起來，然後帶他去見奧可巴·汗，讓他被帶到大馬路上遊街示眾！」

不過呢，還不錯，他總算逃開了，而且還拿回了艾比的信。所以，終究，「勝利是在我這一邊，」薩迪德心想：「那個男人什麼都沒得到，就走掉了！」

他回到家，進到廚房，從塑膠大水壺裡給自己倒了一杯水，又倒了一杯。他正在擦嘴的時候，雅米拉衝進來。

「我的信，」她用命令的口氣，一隻手掌攤開來，「還給我！」

薩迪德搖搖頭，「我得去跟馬哈默老師談一談。有事發生了，不好的事。你得跟我一起去媽媽那裡。現在就走。」

雅米拉跺著腳，「不要！我要我的信，現在就要！」

薩迪德將手伸進口袋，拿出一堆碎紙片，還有那個小塑膠袋。「好，給你，這就是你的信。這樣可以了吧？」

雅米拉的嘴巴張得好大，接著，她的眼睛瞇了起來，還抿著嘴唇。「是誰撕的？」她怒氣沖沖的說。

「一個流氓，」薩迪德說：「我只能說到這裡。我現在得去跟老師說這件事。我跟你一起出去，趕快。不要再問了。」

他們沿著馬路往媽媽工作的縫紉工廠走去。這一路上，薩迪德都用手臂環繞著雅米拉的肩膀。

16 決定

「你說那個男人是個大塊頭？」

薩迪德對老師點點頭。「對，但是沒有很老。我猜他的年紀大概跟您差不多。他很壯。我以前沒看過這個人。」

馬哈默老師站在學校門口。下午班的高年級學生現在都已經陸續到校。

「戴著頭巾？那是……有顏色的嗎？」

薩迪德知道馬哈默想問的是什麼。他想知道那個男人是不是戴著黑色頭巾，因為那是某些塔利班❹士兵的頭巾顏色。他搖搖頭。「不，是白色的，嗯，有點灰白。他沿著小溪邊那條路走上山。他看到信封上的美國國旗郵票就很生氣。他還詛咒美國。他還說，女孩子不能上學。」

「請你小聲一點，」老師說，一邊對著最後進來的兩個下午班學生點點頭。那是兩個女孩子。「我得待在學校，所以你必須去奧可巴．汗的家，向他報告。薩迪德，請你記得，這件事只能跟他說，不能跟別人說。告訴他，是我要你去的。就把剛剛對我說的照樣告訴他。可以嗎？」

「好的，老師。」薩迪德說。

「不要跟別人說這件事，之後就直接回家。」

「可是，老師，」薩迪德說：「我得去我父親的店裡工作。」

「噢，當然了，那當然沒問題。但是要先去找奧可巴．汗。」

薩迪德點點頭，轉身要走。

「啊，薩迪德！」

他轉身走回老師身邊。

馬哈默說：「你做得很好。」

薩迪德點點頭，「謝謝老師。」

老師進了教室，薩迪德迅速穿過學校操場，下巴抬得高高的，準備去見奧可巴．汗。

❹塔利班（Taliban），或譯為「神學士」，是阿富汗的伊斯蘭教原始教義組織，一九九六年取得政權。因與發動九一一事件的基地組織有密切關連，二〇〇一年在美國的軍事攻擊下垮台。但其成員仍繼續以恐怖攻擊或綁架的方式對抗阿富汗政府、美國，以及支持美國的國家。

薩迪德按照馬哈默的吩咐，在跟奧可巴・汗談過之後，並沒有把小溪邊的事件告訴別人。

可是，一定有人把它散播出去。到了晚上，巴罕蘭村裡的每個家庭在吃晚餐的時候，都在談論這件事。

在奧可巴・汗的家裡也正討論著這個話題。他家桌上只放了一杯茶，可是矮桌邊已經坐滿七個人，準備要商討事情。

「我早就說過那樣做不好，」哈山摸著下巴說：「關於通信這件事，從一開始就不是個好主意。」

馬哈默沒什麼心情跟他客氣了。「這不是重點。重點是，一個陌生人威脅了我們村裡的一個男孩，以及其他所有上學的女孩。還有，我們所知道的是，他纏著士兵的頭巾，就紮營在我們附近。這次討論的議題，很明顯的是學童的安全問題。」

「這本來不會是問題，」哈山插話進來說：「如果當初沒有接受美國來信的話！」

奧可巴．汗舉起一隻手。「先生們，請保持禮貌。我已經用無線電通知了省政府的警察，他們大概會在下週仔細巡邏這個地區。我想那勢必引起一陣騷動，但是不用多久就會過去的。從現在起，我們要保持警戒，把武器帶在身邊。叫學生早上和下午都要走大馬路去上學。」

「我可以發言嗎？」哈山問主席。

「當然。」

哈山看著在座的每個人，但就是不看馬哈默老師。他說：「我認為，寫信這件事最好停止，因為現在它成為公眾的事了。每個人都會知道，話會傳得到處都是。我們為什麼要刻意在一隻生氣的熊面前晃著可口的紅肉呢？」

馬哈默感覺得到，這群人的想法開始傾向贊成哈山。他明白，這時候反對也沒有用了。

他點點頭，儘可能擠出一個笑容，說：「我百分之百同意哈山，這是個明智的決定。不過我覺得，基於禮貌，應該再寄一封信向這個美國女孩解釋一下。」

老師話說完了，但是他把手伸出來，手掌朝上，看著在座的每一個人，請他們考慮他的提議。

奧可巴．汗說：「再寄一封信，小心隱密的寄出去，這個要求很合理。接下來幾週，每個人都要提高警覺。大家都同意嗎？」

每個人都點點頭，主席微笑了。「好。現在，多喝點茶吧。」

雖然馬哈默不願向哈山、以及他所代表的那種守舊狹隘的觀念屈服，可是另一方面，他也樂於接受最後這個決定。

因為事實上，寫信的是薩迪德，現在那個美國女孩傳達出愈來愈多的感覺，就是時候該停止這件事了，這是最適當的時機。而且，還好最近寄來的這封信被撕碎了，並沒有落在像哈山這樣的人手裡。

孩子們可能會很失望，這次的交流被硬生生切斷，如此短暫。可是這是為了安全起見。而且，馬哈默知道應該要把眼光放遠。他很確定，要不了多少年，這個村子裡的小孩就會有筆記型電腦可以用。今天他在這場會議裡妥協，但是這將使他贏得日後更重要的戰爭。他有的是耐性。

他已經打算下半輩子都要在這個村子裡當老師。他確信改變就像日出一樣，一定會到來的，一定會。

只是，改變不會在接下來幾週出現。這沒什麼大不了，馬哈默知道他可以接受。

他唯一希望的是，孩子們也能跟他一樣有耐性。

17 一點也不蠢

札基爾也聽說了他兒子在小溪邊跟那個男人發生的衝突事件。星期二傍晚的晚禱過後，在從店鋪走回家的路上，爸爸和叔叔都稱讚了薩迪德。

「不過，今天晚上，我不希望跟你媽媽和雅米拉談到這件事。反正她們很快就會知道了。我不想嚇到她們。」

所以，薩迪德和他的家人愉快的吃了晚餐。飯後，薩迪德對雅米拉招招手，「過來，我們一起把你朋友的信給拼起來。」

他們倆走到房間的另一端，雅米拉悄悄的說：「我知道你下午發生什麼事了。」

「你知道了？」薩迪德說：「爸爸說，不要談這件事，因為他不希望嚇到你和媽媽。」

雅米拉看著他，做了個鬼臉。「難道你真的以為這個村子裡發生了什麼事，女人會不知道嗎？告訴你喔，我們通常都比男人還更早知道。是媽媽說不要談這件事，因為她不希望爸爸難過。」

在一盞煤油燈下，他們開始把艾比的信一片片拼回去。碎片整齊的排在地板上，可是，叔叔開門出去，一陣風就把碎片吹散了。

第二次再拼，似乎容易得多。他們這次在矮桌上鋪了一張祈禱用的毯子，把信的碎片擺在上面，並且離地面高一點，才不會突然被吹散。他們沒有漿糊可以把信黏起來，所以薩迪德趕快把信一個字、一個字的抄到學校筆記本上。

過了一會兒，他停下筆，說：「好了，全都抄完了。」

雅米拉說：「太棒了。現在唸給我聽，用達里語。」她偷瞄房間另一頭，媽媽還在廚房裡忙著。雅米拉悄悄的說：「從她說她沒有男朋友那邊開始唸。」

薩迪德點點頭，迅速瀏覽一下他的筆記本，找到那些字句。他開始唸，也是小小聲的，因為「男朋友」這個詞一定會引起媽媽的注意。

> 我真的很喜歡這個想法，那就是：地球上所有人之中，我是第一個碰到這些泥土的人，而現在，你是第二個。接下來，就是你的家人，或是你班上的同學。

這是一件很有意思的事，我朋友真是聰明，想得到這一點。下次我要謝謝他，如果我們有機會講話的話。不過我們不太講話的，因為他又不是我的男朋友。我沒有男朋友。因為我沒想過這回事。我有一些女生朋友，她們會想這件事，想昏頭了。我有幾個男的朋友，但他們不是我的男朋友。

你喜歡看些什麼書呢？雖然我現在不是讀很多課外書，可是我六歲的時候，有一本書我很喜歡，就是《青蛙與蟾蜍》。這本書我大概看過五十次。你那邊有這本書嗎？這本書很好笑，也很有智慧。我其實有點像蟾蜍，有點性急。有時候我會搞一項大計畫，可是從來都沒真正完成過，就像我在我家樹林裡蓋的那個樹屋。總之，如果你有機會看看這本書，一定要看喔。

希望你們那裡的天氣也漸漸開始變暖和了，我們這裡就是這樣。我查過，林斯德鎮和赤道的距離，大約比巴罕蘭和赤道的距離，要往北多出六百公里。我是用Google Earth查的，這是個很酷的電腦程式。所以，你們那裡的春天應該會來得比我們這裡早，可是你們靠近山，所以還是可能會比較冷，或者差不多。我會試著每天記錄這裡的最高溫和最低溫，一直記錄到你回信來的那一天。你也這樣做，那我們就可以比較一下。

好了，我得去做其他的功課了。明天有個數學大考，但數學不是我的拿手科目。其實，我沒有什麼科目是拿手的，除非把體育也算進去。

好了，祝你和你的家人平安愉快。期待你的來信。

你的朋友

艾比

薩迪德唸完這封信，他心裡的感覺還是那樣——艾比整封信裡都是在對他說話。像這樣跟另一個人分享內心的想法，真是個全新的體驗，而且，還是跟一個女孩子。

他想像艾比小時候的樣子，想像她坐在美國一棟很漂亮的屋子裡，讀著《青蛙與蟾蜍》這本書，和他讀著同樣的字句、看著同樣的圖畫。他也在猜她到底有沒有讀過《手斧男孩》？「她應該要讀一讀。」他心想。她會很喜歡這本書的，尤其是那個男孩如何在野外自己蓋一棟小房子，就像她蓋樹屋那樣。

「我現在就要回信給她。」

雅米拉的聲音把薩迪德帶回現實。

「什麼？噢，不行，現在太晚了，而且我們只要星期四以前寫好就可以了，所以我們明天再寫，放學之後寫。」

「那我們來做一塊田，就像她說的那樣。用她寄給我的泥土。」

「好，」薩迪德說：「我來把土放在一張紙上。」

「我要先摸，這樣，我就是世界上第二個碰到那些土的人。」雅米拉說。

薩迪德聳聳肩，「我無所謂。」

不過，事實上，他已經摸過了。因為他把它放在口袋裡，有些泥土從小塑膠袋的裂口裡撒出來，他得撿回袋子裡放好，所以，他是世界上第二個碰到這些土的人。

他在矮桌上的毯子旁放了一張紙。然後，倒出那一點點深色的土。雅米拉用一隻手指頭，輕輕的把土在紙上推一推。

她皺了皺眉頭。「這樣很蠢耶，一點都不像農田啊！」

「等一下。」薩迪德說。

他撿起一個信封碎片，用信封一角當做小小的推土機，把那些土推成一個正方形，就像潘傑希爾谷地山坡邊的一片田。

「現在，」他說：「眼睛放到跟它一樣高，想像旁邊還有其它田地，可是眼睛只看著這一塊。」

雅米拉在矮桌邊跪下來，頭低下來讓眼睛跟紙一樣高，瞇起眼睛。她大概瞪了五秒鐘。

「還是很蠢呀。」

「過來，」他說：「讓我看看。」

薩迪德把臉湊近白紙，看著那些泥土，近到可以聞得到泥土的味道——濃厚而肥沃，像新鮮蘑菇的味道。他能輕易的看見伊利諾州中央那一片平坦、色澤深黑的農田，還看見一個瘦瘦的、有著咖啡色短髮的女孩，在樹林裡彎下腰，抓起眼前這一小撮泥土。他看到她把泥土裝進塑膠袋裡，放在口袋裡帶回家，然後寄到阿富汗，寄給他。

「怎麼樣？」雅米拉說：「你覺得怎麼樣？」

薩迪德搖搖頭，「你說對了，這樣真的很蠢。」他拿起白紙對摺了兩次，做成一個紙包，讓泥土好好的保存在裡面。

雅米拉站起來去做功課，薩迪德把紙包放進背心口袋。這是美國的一小部分，一個祕密的訊息，是一個朋友寄給他的。

這不蠢，一點也不蠢。

18 國旗失蹤

雅米拉和薩迪德把撕碎的信拼回去那一天，是阿富汗的星期二，大約是晚上七點半。

那時候，伊利諾州也是星期二，不過大約是上午十點鐘，艾比・卡森正走進語文教室。

上課鈴聲快響了，她走向她的座位，瞄了一眼教室後面布告欄上她布置的那塊地方。突然，她停下腳步，皺起眉頭，然後直接走到老師那裡。「有人破壞我的筆友布告欄，」她說：「那面國旗不見了！」

上課鈴響了，貝克蘭老師說：「現在我們沒辦法談這件事，艾比。下課後留下來一分鐘，好嗎？」

艾比走回座位坐下，拿出家庭作業。接下來的四十三分鐘，她和班上其他同學忙著學習如何了解一篇論說文裡的主要論點，還有如何推論、如何下結論。不到一個月之後就要舉行伊利諾州學力測驗，這些都是到時候的考試內容。

下課之後，教室裡的人快走光了，艾比走到前面，等著貝克蘭老師在成績簿上寫字。

老師抬起頭來，微笑著說：「好，現在可以談一談了。首先，我跟你說的話，請不要跟別人說。你當然可以跟爸媽說，可是我不希望其他同學知道，可以嗎？」

這個要求很奇怪，可是艾比還是點點頭，說：「好。」

老師沉默了一會兒之後，繼續說：「艾比，是我把那面旗子拿下來的，因為校長要求我這麼做。校長收到一封家長來信，也是一位六年級的家長。這位家長說，阿富汗國旗讓他的孩子覺得……『不舒服』，那個家長是用這個字眼。」

艾比做了個怪表情，「一面旗子而已，怎麼會……？」

貝克蘭老師舉起手，「給校長的這封信上說，這個學生把你的筆友計畫告訴爸媽，就是寄信到阿富汗，還有公布在布告欄的這些事，然後他們就一起在網路上搜尋有關阿富汗的資訊。他們看到阿富汗的國旗，想了解那面旗子上的文字代表什麼意思。他們發現那些文字是伊斯蘭教的祈禱文。這個家長跟校長說，這些祈禱文是在宣揚某個特定的宗教，這樣就不應該被公布在公立學校的教室裡。

而且國旗上還有清真寺的圖樣。就是這些讓這個學生覺得『不舒服』，家長也這麼覺得。所以，校長要求我把旗子拿下來。這就是全部的過程。」

過了一會兒，艾比問：「是哪個學生？」

「只有校長才知道。她認為不要說出來比較好。」

艾比轉頭看看布告欄。阿富汗國旗不見了，她布置的區塊最上面，留下了一大片空白。

艾比想問老師說：「難道你沒有跟校長據理力爭嗎？你沒有跟她說，旗子只是某份報告裡的內容嗎？」

可是，這些話只會讓老師覺得難受而已。

還有，老實說，艾比自己也知道，當初她把那面旗子貼上去，只是為了可以佔掉很多版面。

那是那時候的想法。

現在她覺得自己應該站在雅米拉，還有薩迪德這一邊。

但那只不過是一面旗子而已。她不想讓貝克蘭老師惹上麻煩。

於是艾比回過頭來，微笑著。「嗯，」她說：「沒關係啦。我想我大概會補上其他的東西。」

貝克蘭老師點點頭，「也許可以貼村子的照片，或者是興都庫什山的照片。你可以挑很多其他的東西貼上去。」

「除了阿富汗國旗之外。」艾比說。

「對，」老師說：「除了國旗之外。」

19 遙念遠方

兩週之後，艾比放學回家，就收到了雅米拉的信。

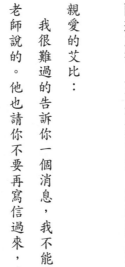

親愛的艾比：

我很難過的告訴你一個消息，我不能再寄信給你了，是我的老師說的。他也請你不要再寫信過來，我的父母也這麼說。這是因為，這個地方有些人不喜歡美國。

可是我喜歡美國，我的家人也是，很多人都喜歡。還有，我也喜歡你。

你寫信給我，我很高興，每一封信我都好喜歡。希望將來我們還能通信。

祝你健康，也祝福你的家人。

你的朋友

雅米拉

艾比很快的把信看了一遍又一遍。這封信一定是雅米拉自己寫的，因為字跡跟薩迪德不一樣。

她站在廚房桌邊，腦袋努力轉啊轉。雅米拉的老師要求她不要再寫信？她的父母也這樣要求？到底是哪些人不喜歡美國啊？她想不出個所以然。信裡並沒有解釋什麼。

可是她也不太擔心，因為她知道一定會有第二封信寄來，是薩迪德寫的。也許明天寄到，或是後天。

薩迪德會解釋所有的事。而且，就算他的老師說他們不能再通信，他們也可以商量出一個方法繼續保持聯繫。當然，這要看薩迪德願不願意。不管他願不願意，艾比都可以接受。因為，說真的，這只不過是份學校作業。

於是，艾比把信和信封都影印了一份，隔天帶到學校去，張貼在布告欄上。

她等著看誰會注意到這件事。

貝克蘭老師是第一個。

「艾比，我看到雅米拉寫來的信，我覺得很遺憾。不過我能了解。我聽到電視新聞一直在播，世界上某些地方有反美情結，所以他們應該是為了雅米拉和她家人的安全著想，才會這樣做。」她停了一會兒才繼續說：「有點難以想像，對不對？」

曼麗則說：「筆友不能寫信來了？還好你已經收到夠多的信提高成績，所以，這樣不是很好嗎？」

其他人好像都沒注意到這點。那面超級大的阿富汗國旗，已經被換成兩個部落男人坐在路邊的一張圖畫，不過一樣沒人注意到。艾比並沒有不高興，也沒有將它放在心上，因為再過個一、兩天，再怎麼有趣的布告欄，還是會變回壁紙，沒有人再去看它。

過了五、六天後，艾比不再等待來自阿富汗的信了。兩週之後，她完全不再想這件事，因為那會讓她有點難過。

而且艾比不像以前那樣，成天想著攀岩。四月份的時候，她已經從比較簡單的幾條路徑登頂成功。接下來的天氣愈來愈熱，在那座大體育館裡，爬愈高就愈熱，所以她不再嘗試那條突出岩塊的路徑，那太費力了。更何況，第一堂課就把自己搞得滿身是汗，一點也不好玩。

再說，她還有很多事情要做。學期快結束了，每一科的大考小考都要得到B以上的分數，這個沉重的壓力開始降臨在她身上。她以前從來不知道，得到好成績要費這麼大的工夫。她以前總以為像潔兒或凱卓雅那些得到學業榮譽獎的學生，他們得到高分不費吹灰之力，因為他們天生就聰明。這種想法完全錯誤。

學校的作業甚至讓她連把樹屋弄好的時間都沒有。至於喀布爾城外山丘上的情況，她也沒時間去想。

五月底到六月初時，當她坐在房間的書桌前認真寫功課，偶爾還是會從書堆裡抬起頭來，看看她自己布告欄上薩迪德畫的那些圖畫。她在想，薩迪德在阿富汗過得怎麼樣了？喔，還有，她也會想想雅米拉，還有她媽媽和爸爸。

不過，大部分時間還是想著薩迪德。

20 上臺報告

「艾比，別忘了你還要為你的額外加分計畫做個口頭報告喔。星期三怎麼樣？」

星期一早上，貝克蘭老師對艾比這麼說。艾比點點頭，回答：

「好啊。」

其實，她的心裡可是叫苦連天。

因為，只剩四天她就要從波吉小學畢業了。這四天之內，除了這個口頭報告之外，她再也無法應付其他事情。她已經成功達成當初的協議──每一次考試都考到B以上。

星期一那天，六年級學生在學校裡進行社區服務。星期二，要搭校車去春田市的林肯博物館參觀。最後一天，也就是星期四，則是運動會，那天會像嘉年華會一樣瘋狂。這一週，本來是個再好玩不過的一週。

她真的不願再想阿富汗那些事了。她已經設法讓自己忘掉那件事，不再去想它，不再想那些信，還有所有曾經發生過的事。

可是她還是逃不掉口頭報告，這是當初協議中的一部分，如果她還想升上七年級的話，她就得照做。

星期三早上大約十點十五分，她拿著簡報提示卡，還有一些大海報之類的用具，走到教室前面貝克蘭老師的辦公桌邊。

老師請全班安靜下來，艾比開始報告了。

阿富汗有些地方很現代化，很多城鎮都有衛星電視和網路。可是，其他大部分地方卻連電和自來水都沒有。所以，那裡的學生過的生活和我們這裡很不一樣。

阿富汗是個很古老的國家。首都喀布爾城大約三千五百年前就存在。它的城市歷史比美國首都華盛頓長了十幾倍。

艾比講完第一張提示卡的內容，她知道臺下的同學大概都沒在聽。她不怪他們，連她自己也不想再待在這個又熱又悶的教室裡。

所以，艾比跳過幾張提示卡。

阿富汗的文化還是跟傳統密切相關，例如阿富汗的全民運動

「布茲卡西」。他們把山羊的頭砍下來，在羊肚子裡塞沙子，讓牠變重，然後由兩隊騎在馬背上的人去搶奪這隻山羊。

其中一種玩法是，把這隻死山羊放在地上，兩隊人馬一起去搶，搶到之後把牠帶到比賽場地另一頭的一根竿子那裡繞一圈，再帶回我方的得分點。這個比賽可能會持續很多天。參賽者為了搶到死山羊，會用鞭子或其他武器來攻擊對方，有時候甚至有人會被打死。如果你們不相信的話，去網路上查查看就知道了，很恐怖的。

這段話引起臺下同學的興趣了。可是艾比不打算再繼續說下去，她要直接進入報告尾聲，也就是關於她的通信。她看看提示卡上的幾行文字，就不用再看了。

如果你們有看過布告欄的話，應該已經看到我寄去的信，還有我收到的信，所以這部分我就不再多說。不過，我必須報告我從這裡面學到了什麼。在與外國筆友通信的經驗中，我學到……

說實在的，我覺得我沒有學到很多。我學到那裡的孩子其實跟我們很像，感受很像，其他地方也很像。這沒什麼好驚訝的，因為很多人都說過，世界各地的人其實沒有那麼大的不同。我想這一點是真的。

說起來，當初我決定要寫信到阿富汗的學校，是因為一個很蠢的理由——因為那裡有很多山，而我喜歡攀岩，所以我以為寫信給那裡的學生會很有趣。我以為他們會告訴我，被高山環繞著是什麼樣的感覺。

結果，他們並不覺得有山很棒。對他們來說，高山反而是個困擾。那裡時常發生雪崩，引發大洪水。積雪還會把雨水阻隔在山上，使得山下的田地變得太乾燥而沒辦法耕作。還有，高山阻擋了交通，那裡的人要出入很困難，要拉電纜線也很難，反正問題一大堆啦！還有，山裡面是窩藏強盜和恐怖份子的最佳場所。

為了這次報告，艾比放大影印了那張家庭人物素描。現在，她把這張放大的人物畫掛出來。

這是雅米拉，就是寫信給我那個女孩。這是她媽媽娜吉雅、她爸爸札基爾，還有她哥哥薩迪德。這張畫就是他畫的。

講到這裡，艾比停住了。要不要在這時候把她跟薩迪德之間的祕密說出來呢？就是他寫了一封祕密的信給她；還有，其實所有的信都是他寫的，雅米拉只是簽名；還有，他寄給她一座小小的高山，而她寄給他一小撮美國的泥土。還有，最後一封寫到阿富汗的信，也就是刊登在布告欄上的那一封，其實跟她真正寄去的內容並不一樣。她要不要跟同學解釋，為什麼她保留了一些事情沒有公布出來？

她看著臺下那些露出無聊表情的臉孔，她什麼也沒說。因為這個計畫跟他們一點關係也沒有，這些根本不是他們關心的事。而且，這些隱藏起來的事，也不在她跟貝克蘭老師的協議範圍之內。這些事，完全只屬於她自己。

她接著說：「大家可能有看到雅米拉寄來的最後一封信，她說她不能再寫信給我，我也不能再寫信給她，因為那裡有人不喜歡美國。她並沒有明白講出來，我想也許是因為，如果有人知道她跟美國人通信的話，她跟她的家人會有麻煩。不是每個阿富汗人都喜歡我們的國家。所以，我從中學到的一件事是，人很單純，可是環繞在這些單純的人周遭的事情卻很複雜，甚至很危險。我的報告就到這裡結束。」

她把薩迪德畫的家庭人物素描放大版拿下來，將報告提示卡塞進背後的口袋，走回座位。

貝克蘭老師說：「艾比，你報告得很好。有人要提問嗎？」

沒有人舉手。

「好吧。那麼接下來半個多小時，我們來清理置物櫃。要安靜點。然後是午餐時間，接著就是三十三分鐘的休息時間。午休時間後，所有五、六年級同學要去視聽室看電影。明天就是運動會，天氣會很熱，所以請穿得舒服一點，因為第一堂導師時間之後，就會一直在戶外活動，直到中午十二點二十五分提早放學為止。已經清空置物櫃的同學，可以在座位上跟同學聊聊天，但是要小聲點。」

星期二那天艾比就清空了置物櫃，所以她留在座位上。不過，一、兩分鐘之後，她站起來走到教室後面。

艾比把筆友計畫布告欄上的那些紙片，一張一張的取下來，然後把它們都放進紙類回收箱。

這個計畫結束了。

21 運動會

星期四是這學期的最後一天，艾比覺得自己應該痛快的大玩一場。運動會就好像是一堂超久的體育課，而且還有點心呢！天空很藍，每個人都在笑啊、跑啊。艾比很確定，這是她待在波吉小學的最後一天了。接下來將會是個精采的暑假，然後呢，秋天來臨時，她就上國中了。

她大部分時間都跟曼麗在一起，不過，如果曼麗多喜歡運動一點，那會更好玩。曼麗對好玩的定義是：坐在太陽曬不到的地方，談論誰的外表看起來是好笑或是好看、誰做了什麼蠢事、誰玩得有多瘋，還有什麼食物聞起來有多香。這天是他們小學生活的最後一天，所以曼麗可以帶手機來學校。在吃午餐之前，她大概已經收發了超過四十通簡訊。

艾比參與了一些運動會的活動，所以大約每半個小時她才會跑回曼麗身邊。在拔河比賽之後，她們一起吃午餐，因為她們兩個難得有個共同的興趣，那就是「吃」。她們一起在熱狗攤前排隊，這個時候，貝克蘭老師朝艾比走過來，手上還拿著一封信。

艾比的心跳好像突然停了一下，接著又跳得飛快，比參加兩人三腳賽跑的時候還要快。因為，她很清楚阿富汗的郵票長什麼樣子，而老師手上那封信一定是從阿富汗來的，絕對不會錯。

「嗨，艾比，還好我找到你了。這封信是今天寄到學校要給你的，是我在喀布爾的朋友寄來的，她就是那位幫你的筆友計畫牽線的老師。她可能是想知道這個計畫讓你有什麼收穫。我想，這個暑假如果你能給她寫一封感謝函的話，那會很好。不管怎麼樣，信就交給你了。還有，雖然我已經跟你說過，不過現在再說一次好了。我覺得你這個計畫做得很棒，其他每件事也很棒。升上中學以後，一定要找時間回來看看我，好不好？」

艾比微笑了。「好。謝謝老師的幫忙。」

她把信封摺了一摺，塞進短褲後面的口袋。她告訴自己別太失望，可是，她真的很失望。這封信不是她朋友寄來的，而是一個素未謀面的老師寄的。而且，她還得寫一封感謝函給她呢。

貝克蘭老師離開之後，曼麗說：「你不把信拆開嗎？」

艾比搖搖頭。「等一下再拆。回家之後。」

「艾比，」曼麗說：「那是從世界另一頭寄來的信耶！快點，現在就拆開來看看啦，唸給我聽。」

艾比一手把信從口袋抽出來，一手拿起曼麗的手，把信塞到她的手心裡。「拿去，乾脆你來唸。」

「真的？」

艾比點點頭。曼麗用她那長長的指甲塞進信封封口的縫裡，慢慢把信拆開。她拿出一張摺好的信紙，凝神看著信上貼著的一張黃色便利貼。

「這位老師的字還真難看，而且好小。這真的是英文嗎？」

「拿來。」艾比把信拿過來，唸著：

親愛的艾比：

有一位來自巴罕蘭村的老師到我在教育部的辦公室找我，他請我把這封信寄給你。這是他某位學生寫的。

瑪麗赫．塔哈兒　敬上

艾比把信打開，開始讀，可是讀得很小聲。她認出這封信的筆跡，是薩迪德寫的。

親愛的艾比：

很抱歉我沒有早點寫信給你。我們村子裡出了大事。四月，就在雅米拉回信給你的前一天，有個男人看到你寄來的信封上的美國國旗，對我大發脾氣，而且還威脅我。

這就是我們不能再通信的原因。

我們這個省的警察來到村子裡，搜索附近的山區，而且發生了槍戰。幸好我們村子裡沒有人受傷，真是謝天謝地。但是，我們還是不能通信。

我的老師要去喀布爾辦事情，我請他幫忙把我自己寫的這最後一封信寄給你。我請他幫忙的時候，他並不驚訝。他早就猜到我曾經自己寫信給你，因為你寫來的最後一封信裡提到了《青蛙和蟾蜍》這本書。他好像覺得很巧，怎麼會我們兩個都喜歡這本書。

我要跟你說一個你會喜歡的消息。我的叔叔阿斯夫有幾條很耐用的登山繩索，那是他以前在巴基斯坦工作時留下來的。他把這些繩索送給我，當作十二歲的生日禮物。

在一個假日的下午，他帶我去我們家附近一個有很多岩石的地方，那裡的地形很陡峭。他教我怎麼在一條繩子末端打出兩個圈，兩隻腳穿進去，然後再打一個圈，穿過我的腰。我穿進去之後，看起來就好像你寄來那張照片中的你一樣。接著，我叔叔把繩索扛在肩上，叫我到懸崖那邊。那裡有十公尺高，下面都是岩石，不過他很強壯，我知道他會撐住我，所以我就下去了，在空中盪了一會兒，然後就背朝外，在岩石上一邊走，一邊垂降。

當我落到地面，他叫著：「現在，爬上來。我會拉住不讓你掉下去。你只管爬吧！」

所以我就爬了，一直爬到最頂端，好喘又好渴。之後，這件事我忍不住一直拿出來說。

我叔叔現在後悔給我那些繩索了，因為他怕我會去爬更高的地方。我可能會喔。現在我看到高山，跟以前的感覺不一樣，那對我有另一種意義，是因為你告訴我的那些事，謝謝你。下面這是「山」的達里語寫法，它的發音像「叩」。

کوه

無論現在或以後我都會想你，想你的時候會帶著敬意，因為我欣賞你。我讀了很多遍你寫來的信，我知道我會好好保存它們。雖然我得跟雅米拉一起分享這些信，但是我知道這些信比較像是寫給我的。我也保存了你寄來的泥土，這個我就不會跟她分享了。因為，如果有一天我能去美國，我會將它歸還；如果有一天我有一塊自己的田地，我會把它灑在我的地上。

祝你一生快樂，我永遠是你的朋友。

薩迪德・巴葉

「漢堡還是熱狗？」

艾比一邊排隊，一邊讀著信。

她抬起頭，眨眨眼睛，看著熱食攤上幫忙的義工媽媽。那個媽媽穿著一件超級大的橘色T恤，頭髮綁了個髮髻。

可是艾比不想吃，她需要想一想，但她身邊太吵了。

「嗯……我等一下……等一下再來。」

「喂，我肚子餓了耶！」曼麗說。

「沒關係，你先吃啦！我等一下再回來找你。」

「可是我想知道那個人寫什麼給你啊。」

「我們搭校車回家的時候坐在一起，好嗎？」艾比說：「反正就快放學了。我們在校車那裡見。」

艾比轉身走開，朝學校的一棟大樓走去。

她走到南邊的入口，另一個義工媽媽微笑著說：「只能進去使用廁所喔。就在門邊。」講得好像這個小孩不知道該怎麼走似的。

艾比走到女生廁所，不過她又繼續往前走。大約再走個二十步，她回頭瞄一下那個義工媽媽有沒有在看她。還好沒有。她迅速向左轉，拉開門，溜了進去。

她進到體育館裡。

燈關著，整座體育館裡又大又空曠，吞沒了外頭的笑鬧聲。空氣很悶熱。

艾比直直朝著體育館另一頭那面攀岩牆走去。離牆大概還有三十步遠的時候，她看到繫腳的扣環已經被人從繩索上脫開，安全繩索也纏在攀岩牆的一個鉤子上，大約離地有一個人高。本來鋪在地上的厚墊子也被拖走了，堆在角落裡。

艾比試著轉開器材室的門把。鎖住了。她把臉貼在玻璃上，看到器材都整齊的放在架子上，有幾袋止滑粉、扣環、頭盔等等。

她真希望早點知道薩迪德第一次爬山的事，而且他是在真的岩石上爬。如果早點知道的話，她會每天去煩她的體育老師，讓她可以進來征服那個突出的岩塊，然後她就可以寫信給他，跟他分享勝利的成果。

她好想衝出去操場上找英斯力老師，把他拖進來要他開門，讓她穿上裝備，然後看著她越過那個突出岩塊，登頂。她知道她做得到。只要一次，直直上去，就是現在！

她走到攀岩牆下，站在突出岩塊下，往上看。她把手放在一粒圓形的岩點上，左手也找到了一個點，接著就把自己撐了上去。她穿著網球鞋，鞋內的腳趾頭馬上就找到了踏腳點，好像腳趾頭也長了腦袋一樣。十五秒之後，她就爬上攀岩牆了，雙腳比安全繩索綁的位置還高。她的手在流汗，手抓的地方很滑溜，但她不在乎。不管有沒有止滑粉，她就是要爬。

不過，再踏上去一腳之後，她就停了下來。在沒有保護的情況下攀岩，這違反了她所受的訓練，這樣絕對會受傷。

她可不想打上石膏、躺在醫院的床上度過整個夏天，甚至躺在地上長眠不起。

所以艾比下來了，比她上去的時候還要小心六倍以上。

她喘著氣坐在地上，背靠著牆，從口袋中掏出薩迪德的信。信被汗水浸得有點溼。她打開信又讀了一遍，並微笑著到她讀完。

他寫著「祝你一生快樂」，感覺上好像一切都結束了，像是最後的告別。好像從現在起，她會走在人生的一條路上，而他則走在另外一條。

戶外的擴音喇叭中，傳來校長的聲音，艾比站了起來。現在該去等校車了。

她走到學校前門，曼麗已經在那裡等她。她們兩個坐下來，艾比把信交給她。

曼麗扮了個鬼臉說：「怎麼……這麼溼？」

「流汗啊。」艾比說。

「哎喲，噁心！」不過曼麗還是把信打開，開始看了起來。

一分鐘之後，她說：「你寄了另一封信給這個男生，沒有公布

Dear

出來喔？你怎麼沒跟我說？」

艾比聳聳肩，曼麗繼續看信。

艾比不想討論這件事，不想跟曼麗討論，不想跟任何人討論。她把頭轉開，試著不去聽車上的笑鬧聲。對她來說，今天不再像是小學的最後一天，而像是某件事的最後一天。她把臉湊近車窗玻璃，凝視著窗外的田野。

這條路旁的田地已經播種六個星期了。從這輛黃色校車上往下望，整片田野在艾比眼前開展，延伸到遠方。玉米苗已經有二十公分高，綠油油的苗襯著深黑色的肥沃泥土，一排又一排、一排又一排，數也數不清。

艾比想起薩迪德說過的話。

在他的第一封信上，提到她寄去的那張田野的照片，他是怎麼形容的？喔，她想起來了，他說「像神的微笑」。

艾比有生以來第一次，好好的看著眼前這片田野，在六月的陽光下。她看著，透過薩迪德的眼光看著。

這片土地，看起來不再平坦又無聊。它，真的很美。

國家圖書館出版品預行編目資料

我的阿富汗筆友 / 安德魯 · 克萊門斯（Andrew Clements）文；周怡伶譯 .-- 二版 . -- 臺北市：遠流出版事業股份有限公司 , 2022.12
面；　公分 . --（安德魯 · 克萊門斯；9）
譯自：Extra Credit
ISBN 978-957-32-9790-1（平裝）

874.59　　　　　111015813

安德魯 · 克萊門斯 ❾

我的阿富汗筆友

Extra Credit

文／安德魯 · 克萊門斯　譯／周怡伶　圖／唐唐

執行編輯／林孜懃　特約編輯／賴惠鳳
內頁設計／丘銳致　出版一部總編輯暨總監／王明雪

發行人／王榮文
出版發行／遠流出版事業股份有限公司　地址：104005 臺北市中山北路一段11號13樓
電話：(02)2571-0297　傳真：(02)2571-0197　郵撥：0189456-1
著作權顧問／蕭雄淋律師
輸出印刷／中原造像股份有限公司
□2010年3月1日　初版一刷　　　□2024年8月1日　二版三刷

定價／新臺幣300元（缺頁或破損的書，請寄回更換）

ISBN　978-957-32-9790-1
YLib 遠流博識網　http://www.ylib.com　E-mail:ylib@ylib.com
遠流粉絲團　http://www.facebook.com/ylibfans